커피 칸타타

커피 칸타타

발 행 | 2014년 12월 10일

지은이 | 박기옥
펴낸이 | 신중현
펴낸곳 | 도서출판 학이사
　　　　출판등록 : 제25100-2005-28호
　　　　주소 : 대구광역시 달서구 문화회관11안길 22-1(장동)
　　　　전화 : (053) 554~3431,3432
　　　　팩스 : (053) 554~3433
　　　　홈페이지 : http : // www.학이사.kr
　　　　이메일:hes3431@naver.com

ISBN _ 978-89-93280-88-3 03810

커피 칸타타

小珍 박기옥 수필집

學而思 | 학이사

　　다시 수필 몇 편을 묶는다. 첫 수필집《아무도 모른다》이후 4년만이다. 매일신문 '에세이 산책'에 2년 동안 연재했던 단형수필들이 계기가 되었다. 신문의 특성상 시의성과 시사성을 외면할 수 없었으나 그것은 오히려 수필 소재의 외연 확장에 도움이 되지 않았나 생각된다. 짧은 글 안에 주제를 밀도 있게 녹여내려 고심하면서 한 편 한 편 구태어 '수필'이고자 고집했다. 그럼에도 불구하고 여전히 아쉬움에 머무는 것은 나의 공부가 미흡한 탓일 것이다.

　　수필을 쓴다는 것은 내게 있어 가슴 속 깊은 곳에 작은 '늪' 하나를 가꾸는 일이다. 담론적인 늪의 의미는 '땅이 우묵하게 파지고 늘 물이 괴인 곳'이다. '고여 있음'이다. 그러나 또 다른 늪의 해석은 '더러운 물질을 깨끗하게 걸러주고 좋은 환경을 만들어 주는 곳'이다. '움직임'이다. 늪은 이끼 속에 숨어 사는 작은 벌레뿐 아니라 우리의 기억 속에서 사라진 원시생물까지도 기꺼이 품어 살려 놓는다. 생명의 부활이다.

책이 나오기까지 여러 고마운 분들이 계셨다. 작은 생각, 조잡한 글 한 줄에도 언제나 귀 기울여 주시는 김규련 선생님, 사랑하는 〈에세이 아카데미〉 회원들, 그리고 선뜻 출판을 욕심내 준 학이사에 감사한 마음을 전한다.

2014. 겨울

小珍 박 기 옥

차|례

책을 내며 _ 4

눈 맞춤

매화 옛 등걸에 _ 13

나박김치 _ 16

걸으며 생각하며 _ 19

눈 맞춤 _ 22

공원에서 _ 25

몸 _ 28

소문 _ 31

봄비 _ 33

생일 _ 36

공짜 폰 _ 39

네 맘대로 _ 41

안단테 안단테 _ 44

뿌리 _ 47

소소한 발견 _ 50

만약에 _ 53

안과 밖

맥주 한 잔 _ 59

껌 _ 62

매직 로즈 _ 65

12척의 배 _ 68

배롱나무 _ 71

을乙의 반란 _ 74

숨은 그림 찾기 _ 77

사진 _ 80

안과 밖 _ 83

대니 보이 _ 86

첫사랑 _ 89

배 아픈 _ 92

하찮은 이유 _ 95

학도병의 편지 _ 97

웃은 죄 _ 100

커피 칸타타

가을 소묘 _ 105

미스터리 _ 108

단추 _ 111

바보가 되어간다 _ 114

미안하오, 고맙소 _ 117

아직도 못 다한 사랑 _ 120

어머니의 수채화 _ 123

오래된 라디오 _ 126

일급 비밀 _ 129

엄마의 쉼표 _ 132

해어화解語花 _ 135

전시회에서 _ 138

커피 칸타타 _ 141

미완의 슬픔 _ 144

화산華山에서 _ 147

지나간다

밥 _ 153

주主와 부副 사이 _ 156

어머니의 유품 _ 159

진짜와 가짜 _ 162

누룽지탕 _ 165

푸시킨에게 _ 168

응답하라, 청춘! _ 171

겨울 맛, 겨울 멋 _ 174

지나간다 _ 177

해맞이 _ 180

은수저의 분배 _ 183

굴비 _ 186

작심삼일 _ 189

낮잠 든 사이 _ 192

2,200년 전 _ 195

작품해설 | 존재미학과 철학적 사유 · 한상렬 _ 198

눈 맞춤

매화 옛 등걸에

나박김치

걸으며 생각하며

눈 맞춤

공원에서

몸

소문

봄비

생일

공짜 폰

네 맘대로

안단테 안단테

뿌리

소소한 발견

만약에

매화 옛 등걸에

우수, 경칩이 지나니 날씨가 달라지기 시작했다. 겨우내 얼었던 흙이 풀어지면서 그 틈으로 햇살이 들어간 모양이다. 뱀이 눈 뜨고, 개구리도 기지개를 켜기 시작했다.

신기한 것은 절기다. 때가 되면 남쪽에서는 어김없이 봄 소식이 날아온다. 매화가 선두에 있다. 매화로 해서 겨울이 물러가고 봄이 온다. 매서운 한 겨울의 추위를 뚫고 고고하게 꽃망울을 터뜨리기에 매화가 아닌가. 그 작고 얇고 단아한 자태는 마침내 우리의 눈을 사로잡는다.

이상하게도 매화 향기는 코가 아니라 눈으로 맡아진다. 옛 선비들은 동구 밖 흰 눈 속에서도 매화향이 느껴진다고 노래했다. 꽃망울 터지는 소리도 귀를 거쳐 눈으로 들려온다.

백운산 산자락에 핀 한 떨기 매화가 푸른 물과 어우러져 수채화를 그린다. 짓궂은 바람이 간간히 꽃잎을 수면 위로 날려 보내지만 매화는 도도하다. 봄볕이 고양이처럼 살그머니 다가와 꽃잎을 핥는다.

언덕 위에는 오래된 매화 등걸이 보인다. 100년은 족히 넘었음직한 고목이다. 고사 직전 응급 치료를 한 듯 뿌리와 몸통을 시멘트로 이어 놓았다.

몸에서 나온 가지는 반 이상 잘려나갔다. 분신을 잃고 남은 몇 가지가 민망한 듯 조용히 팔을 뻗고 있다. 신기한 일이다. 아무도 봐 주는 이 없는 늙고 초라한 나무 등걸이 저 거칠고 차가운 시멘트를 뚫고 뿌리로부터 물기를 뿜어 올리다니! 저토록 튼실한 몸통과 가지가 있기 위해서는 뿌리는 또 얼마나 멀리 뻗어 있어야 할까.

꽃을 뒤로 하고 나무 등걸로 다가가 거친 나무껍질을 손으로 쓸어본다. 온갖 간난과 전쟁을 겪었을 세월이 온기를 지니고 전해오는 듯하다.

꽃들아, 잘난 척하지 마라. 세상의 그 어떤 빛나는 꽃들도 가녀린 뿌리 하나로부터 시작되었을 것이니. 꽃의 사랑 꽃의 환희도 뿌리에서 길어 올린 빗물 한 방울에서 만들어지지 않던가.

어디선가 작은 새 한 마리가 매화 등걸 위에 날아와 앉는다. 온 몸이 하얀 깃털을 한 새다. 까치인가? 여인의 넋인가? 기생 매화의 화신化身일 수도 있지 않을까.

매화 옛 등걸에 봄절이 도라오니

옛 퓌던 가지에 피엄즉도 하다마는

춘설春雪이 난분분亂紛紛하니 퓔동 말동 하여라

길조든 여인이든 상관있으랴. 매화 옛 등걸에는 지금 꽃 대신 새가 앉아 있다. 함께 봄을 즐길 모양이다.

나박김치

경미한 수술로 외출도 못하고 집에 있는데 친구가 호박
죽을 사 들고 왔다. 소화기관과는 아무런 관계도 없지만 수
술까지 치렀으니 별식으로 사 온 것이라 한다.

그냥 고맙다고 하면 될 것을 나도 모르게, "나박김치는?"
하고 물었다. 동네 시장에서 산 거라 나박김치는 없다고 한
다. 대형 업체를 통해 유통되는 죽에 비해 시장에서 제때에
만들어 파는 죽은 죽의 개념에 충실한 음식일 때가 많다.
특히 재료에 있어 자급자족이 대부분이라 믿을 수 있는 장
점도 있다. 단지 나박김치나 쇠고기 장조림 같은 동반용 반
찬이 소홀한 것이 흠이다.

친구가 가고 나서 죽을 데운 후 냉장고를 열어 마땅한 반

찬을 찾아보았다. 수술 끝이라 냉장고 안이 영 부실하다. 배추김치는 양념이 설쳐대서 안 되고 생선은 비린내가 나서 곤란하다. 시금치국은 죽과 궁합이 맞지 않고 된장은 더더구나 죽의 맛을 해치기 십상이다. 궁리 끝에 가까스로 무말랭이 무침과 고추장볶음을 조금씩 덜어 놓았다.

죽은 맛이 있었다. 늙은 호박 맛이 깊고 톡톡한데다 간도 잘 맞았다. 가스 불에 성의 없이 후루룩 끓인 죽이 아니라 뭉근한 화덕 불로 속 깊게 끓였음이 틀림없었다. 그러나 먹는 내내 머릿속에서는 시원한 나박김치가 떠나지를 않았다. 그 중에서도 특히 할머니의 나박김치가 그리웠다.

우수 경칩이 지나면 할머니는 남새밭 귀퉁이에 깊이 묻어둔 무를 꺼냈다. 할머니는 사람 입에 들어가는 모든 식재에 경외감을 갖고 있었다. 겨울철이면 땅 속 깊이 옹기를 묻고 배추, 무, 파 등을 그 속에 넣어 보관했다.

그 중에서도 특히 무에 대한 이해가 깊었다. 몸통째로 겨우내 삭혀 시원한 동치미로 우려내는가 하면 실처럼 가늘게 썰어 맵싸하게 조물조물 무쳤다. 참기름으로 다글다글 삼삼하게 볶는가 하면 골무처럼 담박담박 썰어 말간 탕국을 끓여내기도 했다.

초봄에는 주로 나박김치를 담갔다. 해 묵은 김장김치를

밀어내고 향긋하고 개운한 나박김치를 상에 올리는 것이었다. 희디흰 무살을 나밧나밧 저며내어 물기 자작하게 부어 삭혀내는 솜씨라니!

멋내기인지 맛내기인지 샘가에 돋은 미나리 몇 가닥도 살짝 뿌리는 것을 잊지 않았다. 바람 타는 남정네를 눈 감아 주는 여인네처럼 봄철 음식으로는 얇은 무 속살이 제격이지 않았을까.

죽 한 그릇을 다 비우고도 차마 숟가락을 놓지 못했다. 무말랭이도 고추장 볶음도 손이 가지 않았다. 돌미나리 살짝 뿌린 할머니의 나박김치만 입 안에 맴돌았다.

오늘 따라 나박김치 타령은 왜? 나는 아마 할머니가 그리운가 보았다. 봄은 때로 사람을 외롭게 하여 떠난 사람까지도 생각나게 하는 모양이었다. 고약한 봄이다.

걸으며 생각하며

4월 중순이 되었는데도 아침저녁으로는 바람이 차다. 일기예보는 뭉뚱그려 '이상기온'으로 치부하지만 시인들은 '꽃샘바람'이니 '하늬바람'으로 이름을 붙여 부른다. 천재성이 돋보이는 작명가들이다.

공원 야산에는 봄꽃들이 피기 시작했다. 꽃샘바람이 불든 하늬바람이 불든 꽃은 피게 되어 있다. 어느 시인의 말대로 그들은 이미 누군가에게 '꽃'이라 불리고 말았으므로. 꽃은 피어야 비로소 꽃인 것이다.

이른 아침. 도심지 공원에 사람들이 모여들기 시작했다. 어느새 모두들 겨우내 걸쳤던 두꺼운 옷을 벗어던졌다.

성급한 젊은이들은 아예 조깅복으로 갈아입기도 했다.

운동 삼아 걷기 좋은 계절이 된 것이다. 앞서거니 뒤따르거니 열심히 걷는다. 공원에서는 누구나 금세 친해지기 마련이다. 나이도 성별도 계급도 없다. 만나는 사람마다 웃음 띤 얼굴로 말을 건넨다. 안녕하세요. 날씨 좋군요. 혼자 오셨나 봐요.

나에게 걷기는 생각의 연장이다. 생각이 막힐 때나 머리가 혼란스러울 때 나는 곧잘 운동화를 신는다. 몸을 움직여야 생각이 정리되는 것은 일종의 습관이다. 걷는 동안 막혔던 논리가 트이고 실타래처럼 엉켰던 상념들이 풀렸던 경험이 적지 않다. 생각이 한 곳에 머물지 않고 몸을 따라 앞으로 나아가 준 덕분이다.

무라카미 하루키가 마라토너이고 김훈이 자전거 레이서라는 사실은 나로서는 은근히 기분 좋은 일이다. 그들에 비한다면 나야 겨우 보행자일 뿐이지만 '생각'을 위해 '몸'을 즐겨 움직인다는 점에서는 공통점을 갖고 있기 때문이다.

신경학계에서 주장하는 '히포캄포스(Hippocampus)론'도 마음에 든다. 인간의 뇌 속에 있는 히포캄포스는 와이셔츠 단추만한 크기지만 단기기억을 장기기억으로 전환시키는 일을 수행한다고 한다. 또한 이 신경세포는 일정한 박자와 리듬으로 움직이는 특징이 있어서 걸을 때 활동이 가장 잘

촉진된다는 것이다. 사실 인간이 인간으로 된 것이 두 발로 걷기 시작한 시점부터라면 걷는 것은 곧 생각하는 것에 다름 아닐 것이다.

해가 떠오르자 사람들이 집으로 돌아갈 채비를 한다. 근처 밭에서 채소를 뜯어 파는 할머니에게 눈을 주고 있는데 휴대폰 벨이 울린다. 친정아버지다. 아침부터 그렇게 싸돌아다니는 꼴로 봐서 글은 길에서 쓰는 모양이라고 핀잔이 대단하다.

"그럼요, 길에서 쓰지요." 큰 소리로 대답한다. 말하고 보니 길에서 쓰는 글이 얼마나 건강한가 싶은 생각이 든다. 몸과 땀이 묻어나야 살아있는 글이 아닐까. 나는 한껏 가슴을 펴고 집을 향해 걷기 시작한다.

눈 맞춤

마르티니의 〈사랑의 기쁨 (plaisir d'amour)〉영어 버전에는
이런 가사가 있다. 'Your eyes kissed mine (그대가 나와 눈 맞
춤하고)'

나는 이 눈 맞춤에 아픈 기억이 있다. 초등학교 3학년쯤
이었을까. 등교하자마자 민수가 씩씩거리며 나를 철봉 앞
으로 나오라고 말했다. 나는 잘못도 없이 가슴이 쿵쾅쿵쾅
뛰었다. 왜 그래, 무슨 일인데? 나오라면 나와. 쬐그만 게
말이 많아!

나는 겁에 질려 머뭇머뭇 철봉 앞으로 나갔다. 사이좋게
지내던 짝꿍이었는데 무슨 일로 화가 났는지 알 수 없었다.
곧 이어 민수가 큰 걸음으로 내게 다가왔다.

"너 우리 엄마 기생이라고 했다며?"

"기생? 너희 엄마 기생이야?"

민수는 더 이상 설명하지 않았다. 주먹으로 나의 얼굴을 힘껏 갈겼다. 나는 코피를 흘리며 쓰러졌고, 아이들이 우리를 에워싸는 것이 보였다.

며칠 후, 담임선생님은 민수의 서울 전학을 알렸다. 철봉 사건 이후 내내 결석하다가 반 친구들에게 작별 인사를 하러 온 것이었다. 나는 철봉 옆에서 민수가 나올 때까지 기다렸다. 당시 나는 기생이라는 걸 영화배우 비슷한 개념으로 이해하던 터라 민수가 화난 이유를 더욱 이해할 수 없었다. 너희 엄마는 정말 예쁘다고, 기생인 줄은 몰랐다고, 위로인지 해명인지 말해주고 싶었다. 그러나 민수는 애써 내 눈을 피했다. 차갑게 등을 돌려 나를 지나쳐 가고 말았다.

어른이 되어 나는 한 외국인으로부터 눈 맞춤에 관한 질문을 받았다.

"한국인은 왜 말을 할 때 상대방의 눈을 똑바로 안 보지요?"

"존경심을 나타내기 위해 시선을 아래로 보내는 거예요."

"그럼 건배를 할 때는 왜 상대편의 눈을 안 보고 술잔을 보나요?"

"나를 낮추기 위해 술잔의 높이를 조절하다보니 잔을 보게 되지 않나 싶네요."

"오호! 이렇게, 이렇게 말이지요?"

술잔을 짓궂게 맞대며 높이를 낮추는 것을 보다가 오래전 애써 내 눈을 피하던 민수가 생각났다. "너한테 제일 창피했어." 어렵게 뱉은 민수의 마지막 말이 가슴에 남아 있었다.

엄마가 기생이었든 아니었든 아이들한테 무슨 상관이 있었으랴. 그러나 민수에게는 그것이 씻을 수 없는 수치요, 상처였던 모양이었다. 나 또한 아픔이었음을 그 아이는 알까.

공원에서

집 근처에 공원이 있어 찾는 재미가 쏠쏠하다. 꽃과 나무와 연못이 있고, 바람과 구름과 햇빛이 있다. 나는 이 공원을 사랑하여 매일 아침 두어 시간씩 머문다. 몸 가는대로 마음 내키는 대로 돌아다니다가 이 꽃 저 나무 눈 맞춤하다 보면 백만장자가 부럽지 않다.

야외 음악당이 있는 잔디밭이다. 팔을 흔들며 서너 바퀴 돌고 있는데 피아노 음악이 들려온다. 걷기에 딱 좋은 경쾌한 곡들이다. 누군지 모르지만 선곡에 신경 쓴 흔적이 고맙다.

리듬에 맞춰 걷다보니 잔디밭을 종종거리는 새들이 보인다. 집비둘기, 산비둘기에서부터 까치, 참새와 엄지 손가락

만한 텃새들도 있다. 쟤네들도 음악을 이해하려나. 모차르트를 듣고 자란 딸기나 오이들이 더 좋은 맛을 낸다는 연구가 있고 보면 의심할 여지가 없을 듯도 하다.

휘적휘적 산책을 하던 청년이 주머니에서 새우깡을 꺼내 던진다. 새들이 청년을 에워싸고 모여든다. 오래 전 영화 〈나의 사랑 마리안느〉의 한 장면을 연상케 한다. 숲 속에서 청년이 벤치에 앉아 편지를 읽고 있는데 머리와 어깨 위에 새들이 다투어 날아와 앉았다. 청년이 곧 자연의 일부처럼 느껴져 인상적이었다.

개를 데리고 온 사람들도 보인다. 누구라도 금방 친구가 된다.

암놈인가요? 몇 살이에요? 털을 아주 시원하게 깎았군요.

아빠의 손을 잡고 온 어린 소녀가 하얀 포메라니안을 보고 손을 흔든다. 안~녕! 지나가던 여남은 살 된 남자 아이는 턱을 들고 코를 벌름거린다. 소녀가 그의 늠름한 진돗개를 본 순간 울음을 터뜨렸기 때문이다. 소년은 자신의 개를 무서워하는 소녀가 귀엽고 소녀를 울린 그의 개가 자랑스럽다.

나무 그늘에 앉은 할아버지는 아침부터 꾸벅꾸벅 졸고 있다. 아들 며느리 불편할까봐 선잠을 떨치고 나온 것일까.

그의 스피츠는 주둥이를 잔디밭에 박고 먹을 게 없나 킁킁거리고 있다.

　사고가 났다. 한 무리의 조깅 청소년들이 구령을 외치며 할아버지 앞을 지나가는데 철없는 스피츠가 조깅 팀에 합류했다. 깜짝 놀란 할아버지가 소리를 지르며 뒤따라가니 청소년들이 얼른 방향을 틀어 스피츠를 데리고 되돌아왔다. 경보로 걷던 내가 그 모습을 보고 너무 크게 웃었나 보다. 지나가던 사람들이 연신 나를 힐끔거리는데, 스피츠는 할아버지에게 깨갱깨갱 혼나고 있다.

몸

"건강한 몸에 건강한 정신이 깃든다"는 말은 듣기만 해도 기분이 좋아진다. 제 아무리 천하를 호령하는 영웅이라도 건강을 잃으면 모든 것이 허사가 되기 때문이다.

반대로 이성理性을 주제로 한 예술조각품을 볼 때면 의문이 들기도 한다. 정신을 주제로 한 작업에 왜 하나같이 그토록 근육질의 몸을 강조하는 것일까?

저 유명한 로댕의 〈생각하는 사람〉도 운동선수 출신을 모델로 삼았다고 전해진다. 운동선수처럼 근육질의 건강한 몸이면 건강한 정신이 저절로 따라온다는 뜻일까? 인디언들은 길을 가다 가끔씩 멈추어 서서 뒤를 돌아다본다고 한다. 건강한 몸이 저 혼자 앞서 가느라 정신을 놓치는 일은 없을까 염려되어서다.

몸이 이성을 앞지르는 경우는 일상생활에서도 경험한다. 내가 속한 전문직 여성 클럽에서 〈차세대 전문직 여성 세미나〉를 열었을 때의 일이다. 학교장으로부터 고등학교별로 2~3명씩 추천 받은 모범 학생들이 연수 대상이었다.

대상 학생들도 만만치 않았지만 주최 측에서도 다년간에 걸쳐 연구 개발된 프로그램들을 선보여 대내외적으로도 호응도가 높았다. 평소 접하기 어려운 성공여성들도 초청했을 뿐 아니라 '내가 만약 여성 대통령이라면'과 같은 열띤 토론 프로그램도 있었다. 포상 내용도 물론 파격적이었다. 전반적으로 분위기가 한껏 고조된 상태였다.

행사가 끝날 무렵 우리는 색다른 프로그램을 하나 선보였다. 〈쉘 위 댄스〉 시간이었다. 무용을 전공한 멤버가 무대에 올랐다. 그는 말없이 학생들이 좋아하는 몇 가지의 댄스 동작을 선보였다. 폭발적인 함성이 강당에 울려 퍼졌다. 큐가 나가자 음악이 울리고 학생들이 몸을 움직이기 시작했다. 음악과 춤. 아우성. 흥분.

순식간에 강당은 젊은 몸들로 뜨거워졌다. 모든 학생이 갑자기 정돈되고 단결되었다. 머뭇거림도 뒤처짐도 보이지 않았다. 앞서거니 뒤따르거니 강물이 되어 함께 흐른다고나 할까. 바닷물이 파도를 이루며 숨 가쁘게 바위를 넘는 모습이라고나 할까. 지구상에 오로지 그들만의 우주가 새롭게 형성된 듯했다. 몸 풀기로 제공한 〈쉘 위 댄스〉로 인해 공들였던 앞 프로그램들이 퇴색하는 느낌이 들 정도였다.

누군가가 의문을 제기했다. 어째서 그 좋은 프로그램들을 제치고 가장 돈 안 들고 즉흥적인 〈쉘 위 댄스〉가 저토록 학생들을 사로잡느냐고.

"몸이잖아, 몸!"

옆에 앉은 행사단장이 명쾌한 답을 내놓는다.

"그러니까 남편이 첫사랑을 평생 동안 가슴 속에 품고 사는 것은 어쩔 수 없지만 하룻밤 몸 섞고 오는 것은 못 참는 법"이라고.

기막힌 대답에 폭소가 터졌다. 몸의 권력이고 배반이다.

소문

삼십대 중반쯤의 일이다. 부부 모임 중 우연히 내 가방 안을 흘낏 들여다 본 한 부인이 내 귀에 대고 물었다.

"콘돔 쓰세요?"

"아뇨."

당시 나는 콘돔이라는 현물을 본 적 조차 없는 숙맥으로서 그 질문의 저의를 이해하지 못했다. 가방 안에 든 작은 풍선이 화근이었다.

며칠 뒤 여자들끼리의 모임에서 청소년의 성교육 문제가 화제가 되었다. 한 부인이 프랑스에서는 초등학교부터 성교육을 실시하는데 학교 앞 문방구에서는 콘돔도 판매한다고 했다. 또한 콘돔은 크기와 색깔이 다양하여 TV에서는 손톱 긴 여자가 당겼다 불었다 하면서 상품 선전을 활발히 한다고도 말했다.

우리는 신기하여 마주보며 웃었다. 그때 이전의 그 부인이 나만 알아듣게 살며시,

"국산이에요? 외제예요?"

마침 나는 가방 안에서 콤팩트를 꺼내고 있던 때라,

"선물 받은 거예요. 괜찮던데요."

몇 달 뒤 나는 그녀가 사람들에게 내가 외제 콘돔을 가지고 다닌다고 말하고 있음을 알게 되었다. 몇몇 사람들은 나에게 노골적으로 피임 상담을 해 오기도 했다. 아이를 한둘 낳은 비슷한 나이들이라 피임 문제가 공동 화제였던 것이다.

나는 사태의 심각성을 깨닫고는 그녀를 찾아가 항의를 했지만 엎질러진 물이었다. 한 사람씩 찾아다니며 해명하기에는 일이 너무 커진 뒤였다.

어느 날 퇴근한 남편이 옷을 벗다가 물었다.

"당신 콘돔 갖고 다닌다면서?"

자초지종을 들은 그는

"난 또. 당신이 나 몰래 콘돔 갖고 다니는 줄 알았지. 그것도 외제씩이나?"

봄비

산책을 나서는데 비가 왔다. 봄을 다스리는 비다. 우산을 챙길까 하다가 비옷을 입었다. 손이 자유로워 우산보다 편리하다.

설렁설렁 공원을 거닐다 보니 어렸을 적 생각이 났다. 초등학교 입학 즈음의 일이었을 것이다. 이웃 아저씨가 비밀 사실을 하나 귀띔해 주었다. 내가 다리 밑에서 주워 온 아이라는 것이었다. 아저씨가 팔달교 다리 밑을 지나는데 국화빵을 굽는 친엄마가 딸이 보고 싶다며 눈이 퉁퉁 붓도록 울더라고도 했다.

나는 고민했다. 사실일까 아닐까. 아저씨가 나를 놀리는 것은 아닐까. 해답은 엉뚱한 곳에 있었다. 봄비가 오는 날이

었다. 친구 엄마들은 모두 우산을 들고 마중 왔는데 내 엄마
만 학교에 오지 않았다. 가짜 엄마였기 때문일 것이었다.

생각해 보니 수상한 점이 한두 가지가 아니었다. 나보다
동생을 더 예뻐하는 것 같았고 툭하면 나만 외가로 보내는
것도 마음에 걸렸다. 나는 시름시름 병을 앓았다. 밥도 먹
지 않고 묻는 말에 대답도 하지 않았다. 다시 또 비 오는 어
느 날 나는 드디어 중대 결심을 하게 되었다. 다리 밑 친엄
마를 찾아가겠노라고.

사춘기 때의 봄비는 영화 〈초우〉와 연결된다. 출세욕에
눈 먼 세차공이 신분을 속이고 주불공사의 딸에게 접근한
다. 그녀 또한 사실은 가정부이다.

두 사람은 부잣집 딸과 도련님이 되어 곡예를 하듯 위험
한 사랑에 빠진다. 비밀이 밝혀져 좌절한 세차공이 가정부
를 심하게 때리며 돌아서는 장면이나 버림받은 여주인공이
비를 맞으며 거리를 헤매는 장면은 어른이 된 지금까지도
가슴에 짠하게 남아있다. 처음 만난 날 운명처럼 세차공의
시선이 머물렀던 것도 주인 아가씨 몰래 입고 나왔던 레인
코트였지, 아마.

중년을 넘긴 나이에도 봄비는 내린다. 치기 어린 비밀 혹
은 지독한 절망이 없을 뿐이다. 베일을 벗은 삶은 건조하고

쓸쓸하다. 아픔이 건너간 삶도 허망하기 짝이 없다. 여주인공의 레인코트가 낭만이었다면 내가 입은 허름한 비옷은 생활일 것이다.

봄비에 벚꽃이 망울을 터뜨리기 시작했다. 제주도에서 예년보다 열흘이나 빨리 상륙했다고 한다. 만개 아닌 조금 덜 핀 꽃에 유독 눈이 가는 것은 몸의 비밀을 머금고 있기 때문일 것이다. 이 비가 끝나면 봄이 훌쩍 떠나리라. 성급한 꽃들도 화들짝 놀라 낙화를 시작할 것이다.

생일

"나의 생일이 양력 4월 5일(식목일)이 된 것은 나와는 무관한 것이다."
라고 하면 '그럼 누구는 자기의 생일을 임의로 지정해서 태어나느냐'고 반문하면서,

"세상에는 본인의 의사와 관계없이 설날 혹은 추석날 아침에 태어나는 사람도 있고, 4년 만에 한 번씩 찾아오는 윤달(2월 29일)에 태어나는 사람도 있으며, 국경일에 태어나는 사람도 있고, 예수 또는 석가와 같은 날 태어나는 사람도 있으며, 아버지와 같은 날 태어나는 아들도 있고, 할머니의 제삿날 태어나는 손녀도 있다." 라고 하겠지만 나의 경우 생일이 4월 5일이 된 것은 전적으로 게으르고 기억력 나

쁜 남편 탓이다.

그는 결혼 첫 해부터 나의 생일이 음력 3월 보름(음력을 말할 때는 15일이라 하지 않고 보름이라는 말을 쓴다)이라는 사실에 불만을 품었다.

"요즘 세상에 음력을 누가 쓰고 누가 기억해. 이러고도 생일 빠뜨리면 나만 죽일 놈 되는 거잖아. 나 봐. 양력 생일 하니까 얼마나 좋아. 날짜도 좋지, 12월 23일. 예수보다 하루 먼저 태어났잖아. 아니다, 나 뒤에 예수가 태어난 거네. 생일은 이렇게 하는 거지. 12월 23일. 기억하기도 좋고 편리하잖아. 크리스마스 선물도 생략할 수 있고. 얼마나 산뜻하고 깔끔한 거야."

마치 자기가 탁월한 능력으로 생일을 지정하여 태어나기라도 한 듯이 나의 미개함과 무신경함을 비난하다가 어느 해 중요한 사실 하나를 발견했다.

"옳지, 올해는 3월 보름이 양력 4월 5일이 되는구면. 근사하네. 마음에 든다. 이제부터 당신 생일은 4월 5일로 하자. 식목일. 어때, 당신 생각은? 그럴듯하지 않아?"

언뜻 들으면 대단히 자상한 남편으로서 민주적으로 나의 의견을 묻는 것 같지만 그는 전혀 자상하지도 민주적이지도 않은 태도로 달력마다 빨간 볼펜으로 동그라미 표시를 해 놓았는데, 사람의 마음이라는 것이 깃털처럼 가볍고도 가랑잎처럼 허망하여, 남편의 그 빨간 표시가 조상 대대로 내려온 음력을 물리치고 당당하게 공적 효력을 발휘하여, 나는 식목일, 온 국민이 나무 심느라 분주한 틈을 타서 나무가 아닌 사람으로 태어났다.

공짜 폰

휴대폰이 고장 나서 바꾸게 되었다. 나는 우선 이동통신 사들이 경쟁적으로 단말기를 공짜로 바꾸어 주고 있다는 사실에 주목했다. 공짜가 어디야, 요즘 세상에!

귀 밝은 친구들에게 알아보니 어떤 이는 A가 좋다고 하고, 어떤 이는 B가 좋다고 한다. A를 쓰는 친구는 아무래도 B가 잘 터지는 모양이라고 하고, B를 쓰는 친구는 처음에는 공짜라고 하더니 요금 시스템이 다른 것 같더라고 한다.

'공짜' 또한 만만치 않았다. 수수께끼와도 같은 공짜 시스템은 공짜이되 공짜가 아니며, 공짜가 아닌 것 같지만 공짜이기도 한 것이었다. 본사에서는 공짜 기회를 놓치지 말라고 홍보를 하지만 대리점에 가 보면 공짜가 아니다. 밖에

써 붙인 '공짜 폰'은 공교롭게도 언제나 지금은 없고, 단말기는 공짜지만 가입비는 공짜가 아니다. 무슨 무슨 새로운 기능은 공짜가 아니고, 통화료는 다르게 산출된다. 번호이동은 물론 공짜지만 명의변경은 별도이다.

나는 졸지에 바보가 되어 이동통신회사에 문의를 했다. 안내는 대뜸 휴대폰 번호부터 확인하더니 오늘은 휴일이니 월요일 오전 9시에 기종에 관한 상담을 하겠노라는 답변을 들려준다.

나는 갑자기 마음이 바빠졌다. 성공적으로 공짜 폰이 생기게 되지 않았는가. 집 근처 가게로 달려가 마음에 드는 기종을 메모해 둔다. 암호처럼 어려운 기호라 틀릴까봐 몇 번이나 확인한다.

세 시간 후 "떵 똥!" 택배가 왔다. 이동통신에서 단말기가 온 것이었다. 누구 마음대로? 월요일 오전 9시에 전화를 주겠노라고 했었다. 누구한테 물어보고? 기종 또한 내가 봐둔 그 어떤 모델도 아니다. 단말기는? 물론 공짜지만 가입비는 별도라고 한다. 나머지는 설명서를 읽어봐야 하고.

네 맘대로

구미에서 다문화 가정 한국어 수업이 있는 날이다. 모처럼 남동생과 점심을 같이 하기로 약속한 날이기도 하다. 늦지 않기 위해 수업일지도 미리 써 두었고, 11시 정각에 수업도 마쳤다.

교실을 나서는데 초급반의 김 선생이 나타났다. 구미가 고향이기도 하거니와 친화력이 좋아 강사들 간에도 인기가 있다. 여성으로는 드물게 시민경찰이라고 한다. 성격이 활달하며 거침이 없다.

"제 차로 모실게요. 타세요."

"금오공대 가야하는데요. 12시 점심 약속이에요."

"O.K. 날씨 참 좋죠?"

경상도 말로 날씨 참 '째지게' 좋다. 하늘에는 뭉게구름이 유유히 떠다니고, 강물은 조곤조곤 순하게 흐른다. 거리에는 봄꽃들이 다투어 얼굴을 내밀고 있다.

밤벚꽃놀이를 화제 삼아 신나게 달리는데, 동생한테서 전화가 온다.

"어디냐는데요?"

"금오산 잠깐 들른다고 하세요. 10분만 늦는다구요."

"금오산은 왜요?"

"복사꽃 구경 시켜 드릴려구요. 오늘 아침 일부러 들러서 왔는데 지금이 한창이더라구요."

복사꽃을 끼고 기분 좋게 달리노라니 동생한테서 다시 전화가 온다.

"얼마나 걸리겠느냐는데요?"

"곧 도착한다고 하세요. 5분만 더 기다리라고 하세요."

"정확히 어디냐는데요?"

"다 왔다니까요. 다 왔다고 하세요."

그러나 김선생은 신호등 앞에서 차 문을 열더니 택시 기사에게 큰 소리로 묻는다.

"아저씨. 저기 저 건물이 금오공대 맞죠?"

"옛날 거 말인가요? 요즘 거 말인가요?"

나는 경악하여,

"헉! 금오공대가 두 개예요?"

"네. 저게 옛날 건가~ ? 요즘 건가~ ?"

12시 50분. 머리끝까지 화가 난 동생 앞에서 죄인이 되어,

"야, 야. 그만 해라. 이게 다 오지랖 넓은 구미 사람 덕분이다."

동생이 핸들을 거칠게 꺾으며 대구한다.

"바쁘단 말이야. 누나 마음대로 시간 죽이면 어떻게 해!"

나도 소리를 버럭 지른다.

"글쎄, 복사꽃이 한창이잖냐, 금오산에."

꽃이 제 마음대로 피듯이 나도 내 마음대로.

안단테 안단테

　운전에 소질이 없는 편이다. 운동 신경이 둔한데다가 길눈도 어둡고 겁까지 많아서 내 평생 운전은 안 하노라고 공언을 하고 다닌 적도 있었다.

　그저께는 1차로로 얌전히 가고 있는데 교통경찰의 정지신호가 있었다. 나는 애써 2차로로 차를 빼서 가장자리에다 세우긴 했으나 무엇이 잘못된 건지 몰라 막막했다. 경찰 쪽을 살짝 보았더니 그는 방금 내 뒤에 오던 타이탄 트럭 운전수에게 면허증을 요구하는 중이었다. 나는 얌전히, 그의 일이 끝날 때까지 기다렸다. 일이 끝나자 경찰이 내게로 다가왔다.

　"아줌마는 왜 여기 있어요?"

　"네?"

"빨리 차 빼요. 불법 주차 몰라요?"

나는 얼른 깜빡이를 넣고 차도로 진입했다. 경찰은 내 뒤에 있는 타이탄 트럭을 잡았던 것인데 나 스스로 주눅이 들어 차를 세우고 경찰을 기다렸던 것이었다.

무엇보다 힘든 것은 이론과 현실의 차이였다. 사람들은 누구나 너무 빨리 달렸다. 무엇이 그리 바쁜지 연신 클랙슨을 울려대면서 차선까지 위반해가며 추월해 가고 있었다. 그렇다면 제한 속도는 왜 있는 것인가? 그것은 대체 무엇에 근거하여 설정된 것인가? 그 대답은 간단히 선배 운전자들에게서 나왔다. '차의 흐름'을 따라 주어야 한다는 것이었다. 나는 머리가 뻥 뚫리는 기분이었다. 흐름에 따르라. 이 얼마나 세련된 충고인가.

오늘 나는 쾌적한 기분으로 퇴근하고 있었다. 라디오에서는 모처럼의 화창한 날씨로 남산이 보이기 시작했다고 보도했다. 나는 추억도 없는 경주 남산 때문에 공연히 기분이 좋아졌다. 산업도로라 제한 속도가 시속 70km였지만 차의 흐름에 따라 90km, 100km로 달리고 있었다. 음악으로 치면 알레그로나 알레그로 비바체이다. 얼마나 경쾌한 속도인가!

정류장에 버스가 서자 우리도 정중하게 잠시 멈추었다.

그러나 신호가 떨어지기 무섭게 잽싸게 출발했다. 바로 그때였다, 횡단보도로 아이가 하나 뛰어 들어 온 것은. 마지막으로 버스에서 내린 소년이 겁도 없이 횡단보도를 건너기 시작한 것이었다. 앞차가 서고 그 앞차가 섰다. 나도 물론 급브레이크를 밟고 섰다. 앞차와의 간격은 신문지 한 장 차이다.

우리는 모두 약속이나 한 듯이 차에서 내렸다. 천만다행으로 3중 추돌사고는 면했지만 지옥의 사자라도 만난 듯 가슴을 쓸어내렸다. 민망한 웃음도 한 조각씩 날렸다.

"가시죠."

"네. 조심하십시오."

우리는 조용히 출발했다. 이제는 안단테, 안단테로.

뿌리

친구 따라 강남 간다더니 김씨도 아니면서 가락 김씨 춘향제에 가게 되었다. 가락국은 1세기 중엽 낙동강 하류에 형성된 철의 왕국이었으나 5세기 중엽 신라에 병합된 나라이다. 훗날 신라 진골에 편입되어 삼국 통일의 위업을 달성하는 데 큰 공을 세운 김유신은 가락국의 시조 김수로왕의 12대손이다.

날씨가 좋았다. 봄볕은 따사롭고 꽃들이 만발했다. 물 오른 나무들은 다투어 연두 잎을 피워 올리고 있었다. 아악이 울리면서 전국의 가락 김씨 종친과 문중의 유림들이 청홍색의 관복을 입고 두 줄로 도열했다.

식은 4배로 시작했다. 배/홍, 배/홍, 배/홍, 배/홍. 절차에 따라 엄숙하게 제를 치르는 것을 보며 드는 생각은 하나로 모아졌다. 인간에게 뿌리는 어떤 의미일까.

생각은 제례가 끝나서도 이어졌다. 대명 천지에 운명처럼 하나의 뿌리로 엮인 사람들이 술과 음식이 차려진 잔디밭으로 모여 앉았다. 인사를 나누며 술잔을 교환하는 그들의 모습은 원초적 동질감으로 편안해 보였다. 하나 같이 모두 김수로와 허황옥의 자손들이 아니던가.

그들은 마치 두 어른이 살아있기라도 한 것처럼 할아버지와 할머니를 다정하게 불렀다. '우리 할아버님'은 김수로 왕이요, '우리 할머님'은 허왕후였다. 시조 할아버님을 뵙기 위해 목욕재계했다는 사람도 있었다.

오십대의 한 남자는 마이크를 잡더니 장사도 안 되고 일도 안 풀려 경주에 있는 김유신 할아버지 무덤을 찾아갔다고 털어 놓았다. 그믐이라 칠흑같이 캄캄한 밤이었는데 바람이 불고 비까지 뿌렸지만 춥지도 않고 무섭지도 않았다고 했다. 큰 절 올린 후 무덤 앞에 한참을 앉아 있다 오니 마음도 가라 앉고 기운도 생기더라고 하는 그는 1,300년 전에 작고한 조상을 대면이라도 하고 온 사람 같았다.

다음 날은 산청에 있는 가락국의 마지막 왕 '전구형왕릉傳仇衡王陵'에서 제를 지낸다고 했다. 나라를 빼앗긴 수치심으로 스스로 돌무덤을 자초했다는 구형왕은 김유신의 증조부이다. '전傳'자가 붙은 걸로 보아 그의 능이라는 확신은 없고 단지 그렇게 전해지고만 있다는 왕릉은 일반 무덤과 달리 가파른 산비탈에 주변의 막돌과 깬돌을 계단식으로 층층이 쌓아올려 만들어졌다고 했다.

역사는 승자만을 기억한다지만 패자 또한 후대의 뿌리가 되어 오늘에 이르렀을 터였다. 귀가할 버스가 부릉부릉 시동을 걸기 시작했다.

소소한 발견

이른 아침 산책길에 청소차를 만났다. '깨끗한 도시, 희망의 도시'라고 쓰인 그 차는 나의 바로 코앞에서 가다 서다를 반복하면서 밤새 모아놓은 쓰레기들을 수거하고 있었다. 악취가 코를 찔렀다. 이대로 가다가는 공원까지 청소차와 동행을 해야 할 형편이었다.

도망치듯 횡단보도를 건넜다. 아뿔싸! 이번에는 마주 오는 다른 청소차를 맞이하게 되었다. 지나가면 괜찮을 거라는 생각은 오산이었다. 그 길 또한 청소차가 막 작업을 끝내고 온 터였다. 쓰레기의 흔적으로 악취가 장난이 아니었다.

대부분의 OECD 국가에서는 시민들이 출근하는 시각에 청소차도 움직이는 것 같았다. 왜 하필 복잡한 출근시간에 청소차가 작업을 하느냐고 물었던 적이 있다. 법정 근무 시간 외 일을 하게 되면 두 배의 수당을 주어야하기 때문이라는 설명이었다. 한국은 특별 수당 없이도 이른 아침에 청소차가 움직인다고 자랑했더니, 근로자의 인권에 위배되는 거라는 답변이 돌아왔다.

근로자의 인권人權. 나는 머리 한 쪽이 뻥 뚫리는 것을 느꼈다. 환경미화부서에 근무하는 나의 남편이나 형제가 허구한 날 죄인처럼 한밤중이나 신 새벽에 일을 해야 한다면 어떻겠는가. 일의 특성은 고려하지 않고 출근시간도 나무라고 산책시간도 불편해하는 나 같은 몰염치는 또 어찌할까.

갈등 속에 도착한 공원 연못에는 연꽃이 한창이었다. 애초에는 쓰레기 매립장이었던 곳을 흙과 물을 채워 연을 심었다고 한다. 연꽃이 피면 물속의 시궁창 냄새는 사라지고 연향이 가득하기 때문이다. 생각해 보면 농경시대에는 쓰레기가 혐오대상이 아니라 귀한 자원이었다. 오물은 물론 생활쓰레기까지 짚으로 덮어 거름으로 발효시켰다. 거름은 곧 논밭으로 뿌려져 곡식의 영양분이 되었다.

만개한 연꽃을 보며 연못을 서너 바퀴 돌았다. 어떤 사람이 쓰레기 매립장을 연밭으로 만들 생각을 했을까. 저 꽃 또한 지고 나면 거름이 되어 아름답고 향기로운 꽃을 피워 내리라. 그렇다면 거름은 꽃의 전신이 아니던가. 동일한 본질에서 악취가 나기도 하고 향기가 나기도 한다는 말일까.

유난히 넓은 잎과 긴 대를 가진 연꽃 한 송이가 나의 소소한 발견을 알아챈 모양이었다. 윙크를 하듯 갑자기 푸른 잎을 활짝 펼치더니 기분 좋게 몸을 한바탕 흔들어 보였다.

만약에

오랜만에 잘 만들어진 정통 사극 한 편이 막을 내렸다. 〈정도전〉이다. 나는 못내 아쉬워 정도전이 어린 시절을 보낸 경북 영주의 '삼판서 고택'을 찾았다. 삼판서 고택은 고려 공민왕 때 형부상서를 지낸 정도전의 아버지 정운경을 비롯하여 세 분의 판서가 살았다고 해서 붙여진 이름이다.

고택은 서천이 내려다보이는 언덕에 자리 잡고 있었다. 1961년 사라호 태풍 때 영주 시내가 대홍수로 물에 휩쓸리자 당시 국가재건최고회의 의장이던 박정희 장군이 새로 방죽을 쌓아 물길을 낸 자리라고 한다. 고택 역시 구성공원 남쪽에서 수백 년을 이어져 오다가 홍수로 인해 유실되자 이곳에다 복원한 것이다.

뒤쪽에는 서천 직강공사 착공식 때 심었다는 박정희 기념수가 손님을 맞고 있었다. 고택과 기념수의 대비가 절묘하다. 머리 좋은 후손 혹은 눈치 빠른 공무원이 박정희의 5·16과 정도전의 혁명을 접목시켜 본 것일까. 아니면 그저 우연의 일치였을까.

정도전은 고려 말 부패한 사회적 모순에 저항하여 동북면으로 이성계를 찾아가 새로운 왕조의 개창을 제안했다. 혁명이었다. 사람에 따라 국가란 운명일 수도 있고 과정일 수도 있을 것이다. 정통 사대부 집안이었던 이인임이나 이색에게는 고려가 부모에 버금가는 운명이었으리라. 정도전은 어땠을까. 그는 죽을 때까지 정적으로부터 외가 쪽으로 노비의 피가 흐르고 있다는 부담에 시달렸다.

이성계 또한 최영이나 정몽주처럼 뼛속까지 고려인이 될 수는 없었던 모양이다. 그의 정치적 기반은 원나라의 지배하에 있던 동북면이었고 증조부 때부터 아버지에 이르기까지 원나라에서 벼슬을 해 왔기 때문이다. 조정에서는 끊임없이 그를 의심하고 경계했다.

"질문 있는데요."

해설사의 설명을 듣던 일행 중 한 사람이 손을 번쩍 들었다.

"만약에 정도전이나 이성계가 출신의 의혹이 없었더라도

혁명이 가능했을까요?"

해설사가 미소를 머금었다.

"글쎄요, 역사에서는 '만약에'가 통하지 않는다고 하지요?"

하늘이 맑았다. 사랑채 대문을 들어서니 소쇄헌掃灑軒이란 당호와 집경루集敬樓라 쓴 현판이 보였다. 사람답게 사는 나라, 백성을 위한 민본정치를 펴고자 했던 외로운 선구자의 열망이 함성이 되어 들리는 듯 했다. 나는 잠시 두 손을 잡고 현판을 우러르다 발길을 돌렸다.

안과 밖

맥주 한 잔

껌

매직 로즈

12척의 배

배롱나무

을乙의 반란

숨은 그림 찾기

사진

안과 밖

대니 보이

첫사랑

배 아픈

하찮은 이유

학도병의 편지

웃은 죄

맥주 한 잔

맥주 한 잔을 즐기는 편이다. 상황에 따라 다른 술을 마실 때도 있지만 불현듯, 간절히 한 잔 하고 싶을 때는 맥주가 단연 으뜸이다.

신혼 때 어느 순간 간절히 맥주가 한 잔 마시고 싶어 혼자서 캔을 딴 일이 있었다. 딱 한 잔만 마시고 나머지를 책으로 잘 덮어 놓았는데, 나중에 보니 못쓰게 되고 말았다. 그 후로는 누군가를 붙들고 함께 마시게 되었다. 대상이 아들일 때도 있었다.

아들이 고 3때 야간자습 후 집으로 데리고 오던 중 포장집에서 맥주 딱 한 잔만 하고 싶었다. 나는 아들을 맛있는 냄비우동 사 주마고 유혹하여 포장집으로 데리고 들어갔다. 우동 한 그릇에 맥주도 한 병 시켰다. 그 한 잔이 얼마나 맛이 있던지! 남은 술을 아들이 마시고 기분 좋게 집으로 들어왔는데, 옷을 벗던 아들이 빙긋 웃으며 엄마는 내일 모의고사 치는 아이한테 술을 먹였다고 흉을 보았다.

비록 맥주 한 잔이라도 취향이다 보니 나대로의 기준 비슷한 것도 있다. 그 첫째가 맥주잔이다. 나는 맥주를 시킬 때 '깜짝 놀랄 만큼 차가운' 술을 주문하는데, 잔도 역시 차가운 것을 원한다. 단골집에서 주는 살얼음이 살짝 낀 차가운 잔을 보면 기분까지 짜릿하여 술 맛도 좋다.

지난 달에는 친구들과 셋이서 해외여행을 가게 되었다. 비행기 안에서 마실 것을 제공하는데 생수와 몇 가지의 주스 옆에 놓인 캔 맥주가 눈에 들어왔다. 나는 순간 호텔에 가서 냉장고에 넣었다가 샤워 후 한 잔 하면 좋겠다는 생각이 들었다. 주스 대신 캔 맥주 하나를 받았다. 그것을 보던 두 친구도 캔 맥주를 하나씩 챙겼다. 받고 보니 보관방법이 애매했다. 주머니에 넣었다가, 가방에 넣었다가 제법 분주했다.

문득 한 친구가 '기내 음식을 밖으로는 못 가져갈 것'이라는 의견을 제시했다. 참으로 현명하고 올바른 지적이었으나 우리는 갑자기 복잡해졌다. 챙긴 맥주를 어떻게 돌려 줄 것인가. 무어라고 설명하며 돌려 줄 것인가. 다른 친구가 '사실대로' 말하자고 제안했다. 사실대로 어떻게? 숨기고 나가서 호텔로 가져가려 했다고? 궁리 끝에 우리는 설명을 하지 않기로 했다. 스튜어디스가 지나가자 조용히 맥주를 돌려주었다. 애매한 미소를 지으면서.

잠시 후 스튜어디스가 맥주 3캔을 다시 가져다주었다. 차가운 걸로 바꿔달라고 이해한 모양이었다. 만지작거리다가 따뜻해져버린 아까 것과는 달리 '깜짝 놀랄 만큼' 차가운 맥주였다. 안주용인지 땅콩도 조금씩 나누어 주었다. 우리는 은밀한 미소를 교환하며 건배를 나누었다. 세상에는 이런 오해도 있는 것을….

맥주는 크리스털처럼 차갑고 맛이 있었다.

껌

부모가 자식의 거울이라면 자식 또한 부모의 거울이다. 자식이라는 거울을 통해 자신을 되돌아보는 계기가 되기 때문이다. 좋지 않은 습관이면 더욱 그러하다.

나는 대체로 음식을 입 안에 오래 두지 못하는 습성을 가지고 있다. 건강을 위해서는 물이나 우유도 씹어 먹어야 하며 음식물은 최소 50번 이상 씹어야 한다는 의사의 말은 나에게는 고문이다.

당연히 껌도 오래 씹어본 일이 없다. 어쩌다 씹게 되면 단물이 제거되는 선에서 뱉게 된다. 한 걸음 더 나아가 옆 사람이 오래 씹고 있는 것도 불편할 때가 있다. 신혼 때 아직 뱉을 의사가 없는 남편에게 휴지를 내밀었다가 "민주국가에서 껌도 내 마음대로 못 씹느냐"는 항의를 받아 머쓱했던 적이 있다.

생활습관이 삶의 가치관 형성에 밀접한 관계가 있음을 알게 된 것도 자식을 통해서이다. 내 아이들 역시 나를 닮아 음식을 공들여 씹기 보다는 마시거나 삼키는 것을 좋아하는 것이다. 껌 하나도 오래 씹는 법이 없다. 껌이 왜 껌이겠는가. 꼭, 꼭 씹으라고 껌이 아니겠는가.

나의 아이들은 하나 같이 꼭꼭 씹는 습관을 익히지 못했다. 껌이 주는 메시지, 인내와 끈기를 체득하지 못한 것이다. 게으른 딸은 양말 신기 번거로워서 아이스크림 사러 가는 것을 포기하고, 산만한 아들은 시험 칠 때 뒷면에 있는 문제는 보지도 못한 채 반 토막 점수를 받아왔다.

저학년 때는 73-18이라는 산수문제에서 생각하기 귀찮은 나머지 8에서 3을 빼고 70에서 10을 빼고 만 적도 있었다. 매사를 주스 마시듯이 아이스크림 핥듯이 편한 대로만 처리하여 삶에서 필요한 갈등과 고민이 배어나오지 않는 것이었다.

나는 드디어 할아버지 세대의 '질경질경 씹기'를 주목하게 되었다. 껌의 철학이다. 그들은 껌이 생기면 씹고 또 씹고 하루 종일 씹고도 아쉬워서 상 밑에 붙여 두었다가 이튿

날 다시 떼어서 씹었다.

그들은 껌을 소유했고 관리했다. 어려서부터 껌을 통해 삶이 결코 만만치 않음도 눈치챘다. 삶이란 마시거나 삼키는 것이 아니라 정성껏 꼭꼭 씹어야함을 껌을 통해 체득했던 것이다. 그것이 저력이 되어 〈굳세어라 금순아〉처럼 1·4 후퇴 때는 혈혈단신으로 국제시장 장사치가 되어 눈보라가 휘날리는 바람 찬 흥남부두로 동생을 찾아 나설 수 있었던 것이 아닐까.

오늘 아침 빨랫감을 챙기다가 아들의 주머니에서 휴지에 싼 껌을 발견했다. 스스로 버린 것인지 여자 친구의 종용에 의한 것인지 고개를 갸웃거리다 보니 미소가 지어졌다. "민주국가에서 껌도 마음대로 못 씹느냐"던 그의 아버지의 모습을 보는 듯했기 때문이다.

매직 로즈

아침 신문을 보니 한 농업인이 여러 가지 색으로 변하는 장미를 개발하여 일본으로 수출하고 있다고 한다. '매직 로즈'이다. 연두, 보라, 야광장미 뿐 아니라 꽃잎마다 다른 색으로 변하는 '레인보우 로즈'까지 만든 모양이다.

일본에서는 이를 수입하여 게임으로 상품화했다. 연인들끼리 입김으로 후우 불어 장미가 어떤 색으로 변하는지 알아맞히는 게임이다. 사랑의 속성에 민감한 젊은이들 사이에 특히 인기가 있다고 한다.

내 나이 스무 살 무렵, 내가 다니던 대학 캠퍼스에는 유난히 장미가 많았었다. 가톨릭의 교화敎化가 장미였기 때문이기도 하거니와 신부神父였던 총장의 장미 사랑이 남달랐기 때문이었다.

5월이면 캠퍼스 곳곳에 장미가 만발했다. 강의실까지 장미향기가 올라와 반짝이는 나뭇잎과 함께 나의 마음을 어지럽혔다. 어쩌다 강당 쪽에서 오페라 아리아라도 섞이어 들려오면 마음은 창공을 날아 미지의 세계로 달음박질했다.

어느 초여름 대학 강당에서 열리는 바이올린 독주회에 갔을 때 연주자는 어깨가 훤히 드러나는 장밋빛깔의 드레스를 입고 있었다. 연주회가 끝나 밖으로 나왔을 때 교정 가득 풍겨 나오던 장미향기, 멘델스존, 그리고 드레스.

머뭇거리며 그가 장미 한 다발을 건넸을 때 나는 그것이 내 생生의 '매직'인 것을 몰랐다. 당연히 입김으로 불어볼 생각도 하지 못했다. 나는 심지어 그가 준 장미를 내 삶의 다른 이름으로 이해했다. 장미는 그저 장미인 뿐인 것을. 생일 케이크나 샴페인이 아름답기는 해도 삶 그 자체가 아니듯이.

매직로즈 게임은 순식간에 젊은이들의 마음을 사로잡았다고 한다. 그 중에서도 특히 레인보우 로즈 게임은 값도 비쌀 뿐 아니라 반응이 뜨겁다는 소문이다. 게임에서는 룰이 복잡할수록 흥미를 유발하기 때문일 것이다. 상상해 보라. 한 떨기 장미가 내 손에 들어오는 순간 꽃잎마다 시시

각각 다른 색깔로 변해 가는 모습을.

이제 장미는 가시와 더불어 매직으로도 위세를 떨치게 되었다. 클레오파트라와 카르멘이 살아 있다면 매직로즈를 어떻게 활용할까. 클레오파트라는 시저가 오는 길목에 야광장미를 뿌려대고, 카르멘은 호세를 유혹하기 위해 레인보우 로즈를 던질는지도 모를 일이다.

12척의 배

올 여름 최고의 영화는 〈명량〉이 아닌가 한다. 날씨는 덥고 어느 것 하나 신통한 것 없는 판국에 젊은 감독 김한민이 '짜잔-' 하며 이순신 장군을 모셔온 것이다.

당시의 상황은 좋지 않았다. 임금은 비겁했고 조정은 혼탁했다. 오랜 전쟁으로 민심은 흉흉하여 병사들은 도망가거나 전의를 상실했다.

선조가 얼마나 한심한 인물이었는지는 역사가 증명한다. 물을 모르는 임금은 바다 건너 일본을 다녀온 사신으로부터 전쟁의 위협을 보고받는 자리에서 엉뚱한 의문이 생겼다.

"그래, 바다는 어떻게 생겼던고?"

"많고 많은 물이 끝없이 이어지더이다."

"고이타. 어찌하여 물이 그리도 많더란 말인고!"

임금은 전쟁 내내 물을 아는 이순신을 옥에 가두었다 풀었다했다. 적장인 고니시 유키나가에게 속아 장군을 파면하는가 하면 재임명했을 때는 수군으로 싸우지 말고 육군으로 싸우라고 명했다. 이 때 장군이 임금에게 올린 상소가 '신臣에게는 아직 12척의 배가 남아 있습니다〔尚有十二隻〕'이다.

영화는 철저히 명량해전을 파헤쳤다. 과감하게도 카메라를 1시간 이상 바다에 들이댔다. 뛰어난 지략을 지닌 왜군 수장 구루지마가 330척의 배를 이끌고 명량에 뛰어들자 이순신은 '죽기로 싸우면 반드시 살고, 살려고 비겁하면 반드시 죽는다.〔必死卽生 必生卽死〕'며 장수들을 독려했다.

12척의 조선군과 330척의 왜군. 이순신은 바다를 계산했다. 명량이 수로가 협소하고 조류가 빠른 점을 이용해 울돌목에 쇠줄을 설치하고 일자진을 펴서 왜군을 유인했다. 급물살과 쇠줄에 왜군이 걸려들자 사정없이 함포 공격을 퍼붓는 이순신. 조선군은 명량해전에서 세계 해전사에 그 유례를 찾아볼 수 없는 완벽한 승리를 거두었다.

저녁 뉴스에서는 아직도 실마리가 잡히지 않는 진도의

세월호 사건을 보도하고 있었다. 진도는 명량에서 멀지 않은 바다이다. 그 바다에서 해전이 일어난 것도 아닌데 수백의 학생들이 죽거나 실종해버린 것이다. 책임지는 사람은 아무도 없었다. 420년 전과 똑 같이 무능한 지도부와 썩은 관료들만 떠들어대고 있을 따름이었다.

TV를 끄니 시대에 굴하지 않고 온 몸으로 나라를 사랑했던 이순신 장군의 모습이 떠올랐다. 나는 진정 그에게 물어보고 싶었다. 우리에게도 아직 12척의 배가 남아 있느냐고!

배롱나무

꽃인가 하면 나무이고 나무인가 하면 꽃이다. 배롱나무 이야기다. 예전에는 주로 선비의 사랑방 뜰에 심어졌으나 근래에 와서는 공원이나 길 가에 더 많이 보인다. 봄꽃들이 제 풀에 시들고 난 틈을 타서 여름 내내 홀로 피어난다. 무려 백일이나 붉게 핀다고 하여 백일홍이다.

배롱나무를 볼 때마다 나는 아버지가 생각난다. 모양새부터가 아버지를 많이 닮았다. 사랑 뜰에 알맞게 키가 너무 높지 않고 줄기도 담박하다. 봄꽃들이 설치는 호시절에는 나무인 듯 뒤편에 조용히 서 있다가 물러날 때쯤이면 민망한 듯 가지를 열어 보인다. 붉은 꽃이 보이기 시작하면 이미 여름의 중턱이다.

아버지 역시 시절에 둔감했다. 교통사고로 엄마가 혼수 상태에 빠졌을 때 응급실로 달려온 가해자에게 합의부터 덜컥 해 준 사실부터가 그러했다. 도장을 받아간 가해자는 엄마가 깨어났을 때도 얼굴 한 번 비치지 않았다. 치료비 한 푼 당연히 내어 놓지 않았다.

"다 책임져 준다 했는데~" 아버지의 변명이었다.

엄마의 병이 깊어져 중환자실에 있을 때였다. 간호사가 위급상황에 대비해 알부민을 준비해 두라고 했다. 출근하기 전 나는 알부민을 아버지 손에 들려주며 잘 보관하라고 신신당부했다. 며칠 후 간호사가 알부민을 급히 찾았다. 아버지는 당황하며 대기실 안을 두리번거렸다.

"가만 있자. 그 사람이 오늘은 안 보이네."

알부민을 대기실의 누군가에게 빌려 준 것이었다.

"급하다고 해서~. 돈도 없다고 하고."

아버지 돌아가신 후 배롱나무를 볼 때마다 산소에 한 그루 심어야겠다는 생각을 했다. 선뜻 내키지 않는 이유는 배롱나무의 변심 때문이었다. 예전 사랑방 뜰에 단아하게 서 있던 배롱나무는 공원과 거리로 나 앉자 키도 훌쩍 크고 꽃도 굵어졌다. 나무의 사회학이다. 나무도 때맞추어 성장점에 자극을 받으면 용도에 맞게 진화를 하게 되는 모양이었다. 이제 더 이상 사랑방에 미련이 없는 배롱나무는 무리지어 제 세상인양 으스대기 시작했다.

평생을 의심하지 않고 욕심없던 무능한 아버지. 이조 중엽 어딘가 쯤 뒷짐 지고 사랑방 뜰을 서성거렸으면 딱 좋았을 아버지. 나는 올해도 꽃집 앞에서 어린 배롱나무 묘목을 들었다 놓았다 하고 있다.

을乙의 반란

재수 옴 붙은 날이다. 대단치도 않은 계단에서 발을 헛디
며 넘어지고 말았다. 왼쪽 팔꿈치 골절상이었다. 의사는 혀
를 끌끌 차더니 손끝에서 겨드랑까지 깁스를 해 버렸다. 기
가 차서 며칠 투덜대다가 머릿속으로 정리를 했다. 다리 아
픈 것보다 팔 아픈 게 낫고, 오른팔보다 왼팔이 낫고, 여름
보다는 겨울이 낫다.

이상했다. 나는 태어날 때부터 오른손잡이인데 그깟 왼
팔 좀 다쳤다고 이렇게까지 불편할까? 왼팔을 나무토막처
럼 고정시켜 놓고 보니 한 쪽으로만 할 수 있는 일은 거의
없었다. 샤워는 물론이요 머리조차 감을 수가 없었다. 약병
뚜껑도 한 손으로는 열 수 없었다. 물을 붓다가도 컵을 엎

지르고 밥을 먹다가도 밥공기를 떨어뜨렸다.

한 번은 국을 푸다 국자를 놓쳐 다리에 미역 몇 잎이 붙었는데 한 김 나간 국이 아니었으면 화상을 입을 뻔했다. 왼팔의 유고有故로 오른팔까지 패닉 상태에 빠진 것이었다.

내 의식 속의 오른쪽과 왼쪽은 갑과 을의 관계였다. 모든 일에는 갑의 의지가 선행되었다. 칫솔질을 할 때도 을은 단지 물컵을 잡고 있을 뿐이었다. 글씨를 쓸 때도 종이를 누르는 입장이었고, 돈을 셀 때도 화폐를 붙잡고 있기만 하면 되었다.

왼쪽이 주도적으로 기능한 적이 있다면 시계나 반지를 낄 때 정도가 아닐까. 서명도 건배도 악수도 오른쪽 혼자 거뜬히 해 내므로 왼쪽이 없어 가사상태에 빠질 줄은 생각조차 하지 못했다. 하늘을 찌를듯한 갑의 권력은 허상이었던가? 그걸 만천하에 공표하기 위해 을이 반기를 든 것일까. 가슴 속 응어리를 꼭꼭 쟁여 놓았다가 계단을 핑계로 반란을 일으킨 것은 아닐까.

깁스 푸는 날, 왼팔은 90도 각도에서 더 이상 펴지지 않았다. 그동안 뼈의 활동이 제한되었기 때문이었다. 의사는 오른팔이 왼팔을 부지런히 재활운동시켜야 한다고 말했다. 방치하거나 소홀하면 뼈가 그대로 굳어 일평생 장애로 남을 수도 있다고 경고했다.

놀란 쪽은 오히려 왼팔이었다. 여차하면 을의 구실도 제대로 못할 상황이 아닌가. 두렵고 무서웠다. 갑질해 온 오른팔은 지금의 사태를 어떻게 인식했는지 궁금했다. 곁눈질로 살짝 눈치를 보았다.

오른팔은 별다른 반응을 보이지 않았다. 다만 재활운동인가 뭔가를 위해 묵묵히 왼팔을 잡아당기는 것으로 화해를 청하는 것 같았다.

"아얏! 아 ~ 아!"

왼팔이 목청껏 비명을 질러댔다.

숨은 그림 찾기

우리가 흔히 '진실'이라고 하는 것은 있는 것일까, 없는 것일까. '진실은 연착延着하는 열차'라는 말이 있다. 늦기는 해도 언젠가는 도착한다는 뜻이리라. 그렇다면 진실은 얼마나 멀리 있는 것일까.

여름의 한 복판, 대한민국 국민은 일제히 〈숨은 그림 찾기〉에 몰두했다. 전직 대통령의 2007년 남북회담 대화록 원본이 감쪽같이 사라진 것이다.

답을 쥔 전직 대통령은 세상을 뜨고 없다. 남은 사람들끼리 이해관계에 따라 목청을 높이더니 결론은 "없다"와 "못 찾았다"로 나왔다. "없다"는 없는 것인 줄 알겠는데 "못 찾았다"는 무슨 뜻일까. "있기는 분명 있는데 찾을 수가 없었다"는 뜻이라면 그토록 훌륭한 분들도 못 찾는 대화록을 어떻게 해야 한다는 것일까. 솔로몬 대왕을 모서 와야 하나. 함무라비 법전에 물어 봐야 하나.

아이들이 대여섯 살 무렵이었을 때 신문 광고란을 대상으로 〈숨은 그림 찾기〉놀이를 하곤 했었다. 엄마인 내가 '돼지!' 하고 소리치면 아이는 눈을 부릅뜨고 돼지를 찾기 시작한다. 주로 구석에 있는, 작은 그림을 중심으로 찾는다. 인간의 심리다. 퀴즈나 질문에 나오는 중요한 것은 보이지 않는 곳, 찾기 힘든 곳에 숨어있다고 생각하기 때문이다.

서너 번 점점 더 작은 그림으로 몰아가다가 문득 대문짝만한 큰 그림을 말하면 아이는 절대로 못 찾는다. 바로 코 앞의 큰 그림은 보지도 못한 채 주변을 뒤적이느라 고심, 고심하다가 결국은 손을 들고야 만다.

"여기 있네!"

내가 바로 눈앞의 큰 그림을 손으로 짚으면 아이는 약이 올라 씩씩거린다. 속았다는 느낌이 드는 것이다. 자신이 그토록 공들여 구석구석을 뒤졌음에도 불구하고 너무 가까이, 너무 크게 답이 거기 있는 것이 이해가 되지 않는 것이다. 하지만 아이가 틀렸다. 아이는 내게 속은 것이 아니다. 자기 자신에게 속은 것이다. 제 꾀에 속아 바로 앞에 답을 두고 엉뚱한 곳을 헤매고 있었던 것이다.

"없다"는 쪽이나 "못 찾았다"는 쪽의 공통점은 "안 보인다"는 것이다. 왜 안 보일까. 사본이 있으니 원본이 없다는 것은 논리에 맞지 않다. 원본이 있었기에 사본이 있는 것이다. 그렇다면 누군가가 거짓말을 하고 있는 것이 분명하다. 거짓말. 그것이 정치인에게 얼마나 치명적인 독毒이 되는지 아직도 모르는 것일까.

〈숨은 그림 찾기〉는 여전히 아이들에게 인기가 있다. 그림에 속고 자신에 속는 동안 아이는 훌쩍 자란다. 아이는 어른이 되고서도 문득 한 번씩 그 시절을 회상하게 된다. 쉽고 큰 그림일수록 신기하게도 찾기가 어려웠던 그 시절을.

사진

모처럼 딸 내외와 아들이 왔다. 딸은 결혼한 지 1년 된 신혼부부이고, 아들은 아직 미혼이다. 밥상 앞에서 딸 내외가 숟가락은 안 들고 눈짓만 서로 교환하더니,

"엄마, 잠깐만!"

스마트폰에서 사진 한 장을 보여 준다. 들여다보니 난생처음 접하는 사진이다. 인물 사진이 아니라 무슨 판화 그림처럼 검은색 둥근 테에 흰 점 같은 것이 보인다.

"너 안과 갔다 왔니?"

"하이고, 우리 엄마!"

신생아 초음파 사진이었던 거다. 나는 순간 등짝을 얻어맞은 기분이 들었다. 얼마나 기다렸던 소식인가.

자유롭게 지내던 딸이 삼십 대 중반을 넘겨 결혼했을 때 나는 만사 제쳐두고 애기부터 먼저 가지라고 말했었다. 문제는 딸이 아니라 사위였다. 딸보다 다섯 살이나 연하인 사위가 최소 2년 정도는 애기 없이 신혼생활을 즐기고 싶다고 고집하는 것이었다. 아프리카 오지에 봉사활동을 가는 것도 아니고, 히말라야 등반을 꿈꾸는 것도 아니면서.

　드라마도 안 보느냐, 학교 다닐 때 생물시간도 없었느냐, 젊은 것들이 입을 모아 엄마 흉을 보는데 사위가 슬쩍 끼어든다.

　"자녀를 넷이나 둔 베테랑께서…"

　애긴즉슨 맞는 말이다. 결혼 후 나는 마치 애 낳고 살림하는 것만이 지상 최대의 목표인 것처럼 그 일에 올인했다. 그 때도 초음파 사진이 있었던가? 기억이 나지 않는다. 없었거나, 있었더라도 의사 확인용으로만 쓰였던 게 아닐까.

　아들이 좋다, 딸이 좋다, 화제가 무르익는데 나는 사진을 가만히 들여다보았다. 아무리 봐도 뭉크의 판화 그림 같다. 바깥쪽의 검은 테가 아기집이고 안쪽의 하얀 점이 아기라고 한다. 1.5센티라고? 그래, 이렇게 하나의 점으로 세상에 발을 내딛는구나. 이슬이 물방울 하나로 풀잎을 적시듯이, 발레리나가 엄지발가락 하나로 자기 존재를 증명하듯이,

우리 모두 이렇게 점 하나로 시작을 하는구나.

"식사 안 하세요?"

딸의 재촉에 나는 또 어른답게 신중을 기하느라고,

"병원은 갔다 왔지?"

딸, 사위가 손뼉을 치며 폭소를 터뜨리는데, 옆에 있던 미혼의 아들이 더 이상 참지 못하고,

"엄마, 그럼 이 사진은 사진관에서 찍었을까~요?"

안과 밖

세상을 뜨겁게 달군 고위 공직자의 혼외婚外 아들 사건을 보면서 드는 생각은 우리네 삶이 드라마보다 훨씬 드라마틱하다는 것이었다. 정치, 권력, 사랑, 불륜, 권모술수가 비빔밥처럼 골고루 배합되어 있지 않은가.

젊은 날 내가 살던 아파트 아래층에는 멋쟁이 부인이 살고 있었다. 나하고 동갑이었으나 결혼이 늦어 사십대 초반에 겨우 첫 아들을 낳았다. 그에 비해 나는 졸업과 동시에 결혼하여 아이를 무려 넷이나 낳은 한심한 여자였다.

우리의 관계는 이유식으로부터 시작되었다. 매일 아침 막내의 하루치 이유식을 만드는 나를 그녀가 먼저 기웃거렸고, 나는 그녀의 수입품 이유식과 슬라이스 치즈를 부러

위했다.

그녀는 홈웨어 같기도 하고 파티 드레스 같기도 한 아름다운 옷을 입고 아들에게 이유식을 먹이곤 했다. 어쩌다 내가 만든 이유식을 조금 덜어 가져가면 진심으로 고마워하며 마지막 한 톨까지 알뜰하게 먹였다.

그녀는 결혼 전 언론사의 미국 특파원이었다고 했다. 어쩌다 차 한 잔 하자는 전화를 받고 아래층으로 내려가면 우아한 모습으로 AFKN 뉴스를 보고 있었다.

한 번은 커피원두를 금방 갈았다면서 전화가 와서 내려갔더니 미국 드라마를 보는 중이었다. 나는 거기서 나오는 현란한 영어를 접하면서 학교 다닐 때 영어공부에 등한했던 자신이 부끄러웠다.

TV를 끈 그녀가 드라마의 내용을 요약해서 들려주었다. 성공한 미모의 여주인공이 독신을 고집하는데 아이를 갖고 싶은 것이 문제였다. 의사가 권하는 정자은행은 동물 수정 같아서 내키지 않았다. 궁리 끝에 여주인공은 머리 좋고 잘생긴 혼외 남자를 골라 '사랑으로 빚은 아이'를 가지려 한다는 것이었다. 나는 별 반응을 보이지 않았다. 생소한 주제이기도 했거니와 그녀에게서 뜻 모를 정서적 괴리감을 느낀 것도 사실이었다.

해답은 얼마 후 나타났다. 드라마보다 더 드라마틱한 일이 그녀에게 일어난 것이었다. 아래층에서 고함소리, 기물 부수는 소리가 나서 내려가 보니 본처 식구들이 떼로 몰려와 그녀의 머리끄덩이를 잡아끌고 있었다. 난리도 그런 난리가 없었다. 욕설과 비명에 섞여 아이는 자지러지게 울어대고….

아파트에서 사라진 후 그녀를 만난 일은 없다. 안으로부터는 끊임없이 밖을 향해 깨금발 하다가 밖에서는 호시탐탐 안을 탐하고 기웃거리던 여인. 안과 밖을 쉼 없이 저울질하며 욕망의 늪을 허우적대던 여인.

재미있지도, 새로울 것도 없는 불륜 뉴스를 접하면서 문득 그녀가 궁금해진다. 어디서 무엇을 하고 있을까. 혼외로부터 얻은 그녀의 아들은 어떻게 되었을까.

대니 보이

군에 간 아들에게서 소포가 왔다. 편지와 사물私物이다.
'대한민국 국방부'라 인쇄된 편지지에는 이번 주말 훈련 기
간을 마치면 자대 배치가 있을 거라고 쓰여 있다. 나는 편
지에 코를 박고 두 번, 세 번 되풀이 읽었다. 배고프지는 않
았는지, 훈련이 힘들지는 않았는지 탐색견처럼 행간을 살
피며 냄새를 맡았다. 사물은 입대할 때 입고 간 옷과 운동
화였다. 손을 댄 순간 눈물이 핑 돌았다.

아들 방의 문을 열었다. 침대와 책상이 그대로 있었다. 훈
련 기간 동안 나는 줄곧 아들 침대에서 잠을 잤다. 아들 컴
퓨터를 두드려 보기도 하고 아들 책장에서 책을 꺼내 뒤적
여 보기도 했다. 오늘은 MP3를 귀에 꽂아 보았다. 「대니 보

이」가 흘러나왔다. 입대하기 전 듣고 있었던 모양이었다. 알토 색소폰에 가슴이 울컥했다.

〈대니 보이〉는 조국의 자유와 독립을 되찾기 위해 집을 떠나는 아일랜드 젊은이들의 노래이다. 아일랜드는 무려 800년 동안이나 영국의 지배를 받았다. 〈대니 보이〉의 구슬픈 가락에는 집 떠나는 아들의 뒷모습을 지켜보는 어머니의 슬픔이 짙게 배어 있다. 우리나라의 〈아리랑〉처럼 민요가 되어버린 〈대니 보이〉. 오랜 식민 통치로 모국어조차 기억하는 사람이 없어 영어로 부르게 된 〈대니 보이〉. 세월이 흘러 아일랜드는 결국 독립했지만 〈대니 보이〉가 처음 나온 북아일랜드의 데리는 아직 영국령이다.

> 저 목장에는 여름철이 가고
> 산골짝마다 눈이 덮여도
> 나 항상 오래 여기 살리라
> 오, 대니 보이 오, 대니 보이 내 사랑아

나는 〈대니 보이〉를 듣고 또 들었다. 집 떠날 때의 아들의 모습이 떠올라 눈시울이 뜨거워졌다. 그러다 문득 MP3를 귀에서 뽑았다. 책꽂이 속에서 버려진 사과 꼭지를 발견했기 때문이다. 아들의 나쁜 습관이었다. 게으른데다 산만하고 정리정돈에 둔한했다. 신체검사 결과가 1급으로 나와 현역으로 간다고 했을 때 속으로 은근히 반기지 않았던가.

〈대니 보이〉는 무슨. 지금이 식민지 시대도 아니고.

나는 말라 비틀어진 사과 꼭지를 치우고 소포로 보내온 옷을 세탁기에 넣었다. 흙 묻은 운동화를 대야에 담고 비누솔로 북북 문질러 빨다보니 다시 그 슬픈 멜로디가 가슴에 차올랐다. 대니 보이, 내 사랑.

첫사랑

오래된 친구 몇 명과 동해안을 찾았다. 이른 아침. 바다가 보이는 테라스에서 커피타임을 가졌다. 아득히 멀리 수평선은 하늘과 맞닿아 있었다. 구름을 이고 있는 산들이 근위병처럼 팔을 벌려 떠오르는 해를 맞이했다.

이런 저런 이야기들이 오갔다. 묵은지 같은 친구들이니 서로의 이력을 익히 아는 사이가 아닌가. 일 이야기, 가족 이야기, 나이 먹는 이야기 등 수다스러웠다.

문득 한 친구가 '첫사랑'이란 단어를 입에 올렸다. 초등학교 시절의 이야기 도중 나온 말이 아니었을까. 설익고 풋풋한 첫사랑들이 다투어 등장했다. 아침 햇살처럼 빛났으나 수평선처럼 멀어져간 순간들이었다.

어디선가 피아노 소리가 들려왔다. 센스 있는 한 친구가 CD를 가지고 온 모양이었다. '언덕 위의 하얀 집'이라는 카페 여주인이 자신의 연주를 직접 녹음한 것이라 했다.

우리는 일제히 음악에 귀를 기울였다. 왠지 좀 애타고 슬펐다. 그립고, 안타까웠다. 한 친구가 넌지시 제안했다.

"언덕 위의 하얀 집이라고? 집에 가는 길에 들러보는 게 어때?"

승용차 두 대가 몇 번이나 부근을 오르내렸지만 문제의 카페는 눈에 띄지 않았다. 시간은 어느새 정오를 넘겼다. 드디어 앞 차에서 포기하자는 사인이 왔다. 우리 중 가장 깨우침이 빠른 친구였다.

"점심이나 먹자. 저기 저 물곰탕 집이 좋겠네."

바로 그 때였다. '언덕 위의 하얀 집'이 우리들 눈에 들어왔다. 허나 그것은 환상 속의 아름다운 카페가 아니라 허름한 민박집이 아닌가. 이럴 수가!

어쩌면 우리는 로코코 양식의 멋진 카페를 기대했던 지도 몰랐다. 면식도 없는 카페 여주인이 자신의 음악세계에 우리들의 첫사랑을 초대해 줄 것이라 믿었던 것은 아닐까.

첫사랑은 그저 가슴 깊숙한 오지에 애틋한 그리움으로 굳어버린 화석인지도 모른다. 삶이 외롭거나 혹은 황량할 때

환희를 느끼게 하는 무지개 같은 것일 수도 있을 것이다. 아니면 인간의 심혼 은밀한 곳에 맑은 샘으로 고여 있다가 시작도 없고 끝도 없이 급한 물살을 이루며 흐르는 강물일는지도.

누군가의 가방에서 휴대폰이 울렸다. 몇 시에 집에 오느냐는 가족의 전화다. 기다렸다는 듯이 여기저기서 휴대폰 소리다. 점심은 먹었느냐, 재미있느냐, 분주하다.

배 아픈

얼마 전 새 건물을 지은 선배를 축하해 주러 갔다가 배가
아파서 죽을 뻔했다. 물론 음식을 잘못 먹었거나 위장병 때
문은 아니다. 건물이 앉은 그 자리, 그 땅은 바로 오래 전 내
가 사려다 놓친 깨밭이었던 것이다.

때는 바야흐로 부동산 투기가 한창이던 80년대 무렵이었
다. 우리는 너, 나 없이 땅 한 뙈기라도 확보해야 살아남을
것 같은 위기감에 사로잡혔다. 월급쟁이 여편네가 은행만
바라보고 있으면 무능한 마누라로 간주되었다. 땅 사고 아
파트 옮겨 살림이 불어나야만 똑똑하고 유능한 마누라가
되는 판국이었다. 나도 그 동안의 저축을 몽땅 털어 이 기
막힌 흐름에 참여하고자 작정했다. 입장이 비슷한 친구와

부동산을 돌아다닌 끝에 찾아낸 곳이 바로 그 깨밭이었다. 300평쯤 되는데 가보니까 깨는 없고 온통 돌멩이와 쓰레기 더미 뿐이었다.

"아니, 아저씨. 깨밭이라더니 왜 이래요? 여기 맞아요?"

중개업자의 설명인즉 원래는 깨밭이었지만 주인이 몇 번 바뀌는 동안 농사를 짓지 않고 방임해 둔 탓에 이 모양이 되었다는 것이었다. 덧붙여서 그는 집터로서는 이만큼 반듯한 땅도 없다고 했다. 나는 그 '반듯한 땅'이 무엇을 뜻하는지 이해가 안 되는 맹추로서 돌멩이와 쓰레기 더미만을 아득한 심정으로 바라보았다. 그 역시 한심하다는 듯 나를 쳐다보더니,

"어떡하시겠소? 계약금은 갖고 오셨소?"

"계약금요? 애 아빠한테 상의도 안 해 보구요?"

그때였다, 그가 들고 있던 부채를 획 접으며 돌아선 것은. 땅 값이 하루가 다르게 오를 때라 선수들은 계약금을 아예 챙겨 가지고 다녔던 모양이었다. 그는 뒤도 안 돌아보고 성큼성큼 걸어갔다. 목젖이 가려운지 침까지 탁 뱉어가면서…. 나는 무안하고 겁이 나서 주춤주춤 뒤따라갔다.

"돌멩이가 너무 많아서 그래요. 쓰레기도 그렇고…"

그러나 그는 무엇이 그리 노여운지 더욱 빠른 걸음으로 멀어져 갔다. 깨밭 300평도 동시에 내 눈 앞에서 사라졌다.

이제 와서 선배한테 그때 그 돌멩이나 쓰레기는 다 어디 갔느냐고 물어 볼 수는 없는 일이다. 아니다, 조금 세련되게, 땅을 보는 안목이 참으로 놀라우시다고, 이 땅이 원래 300평쯤 되었을 터인데 반을 떼어 판 돈으로 건물을 올리신 모양이라고, 지나가는 말처럼 건네 볼 수는 있을 것이다. 그러나 나도 이제 제법 약아서 그 어떤 내색도 비추지 않았다. 아픈 배를 참았더니 설사 기운까지 생긴 터라 약국으로 달려갔을 따름이었다.

하찮은 이유

목욕탕에서 머리를 감다가 콰다당 넘어졌다. 겉으로는 멀쩡한데 두들겨 맞은 것처럼 온 몸이 아프다. 앉았다 일어서면 엉치가 천근이고 숟가락을 들려면 손목이 아프다. 무엇보다 팔꿈치가 악! 소리가 나게 아프다. 병원 가서 뼈 사진 찍어야 한다는 아들에게 묻는다. 어떻게 넘어졌다고 해야 할까. 목욕탕 말고….

명색이 의사인 아들이 대답한다.

"정직하게 말씀하세요. 누구라도 엄마처럼 하찮은 이유로 넘어져요."

정말 그럴까. 다른 사람들도 나처럼 하찮은 이유로 넘어질까. A를 생각해 본다. 지난 여름 사위가 온다기에 부랴부라 버선 신고 일어나다 방에서 제대로 넘어지고 말았다. 꼬리뼈를 다쳐 석달 동안 병원에 다닌 A가 말했었다. 내가 무슨 정경부인이라고 한 여름에 사위 온다고 버선 신느라 그 난리를 쳤는지 모르겠다고.

B는 어떤가. 방에서 신문을 보던 중 전화가 와서 마루로 뛰쳐나가다가 대리석 바닥에 온 몸을 내던지고 말았다. 팔목에 깁스를 하고 나타난 B가 말했었다. 나한테 무슨 대단한 이익이 걸려있는 전화라고 급하게 뛰어나가다 팔을 부러뜨리고 야단이냐고. 방 안에도 전화기가 있었건만.

왜 그러냐고, 왜 그러냐고 묻는 내게 의사가 말한다. 머리와 몸이 따로 놀아서 그래요. 몸이 머리를 인정하든지, 머리가 몸에 순응해야 하는 거지요. 연세가 좀 더 들면 좋아지실 거예요.

그러니까 수많은 '하찮은 이유들'이 호시탐탐 나를 노리고 있다는 이야기가 되는데, 언제쯤이면 머리와 몸이 손잡게 될까. 언제쯤이면 아름답게 서로 타협할 수 있을까.

다행히도 의사는 내게 어떻게 넘어졌냐고 묻지도 않았다. 그는 이미 파악하고 있었던 것이다. 나의 사고事故가 아프칸 전쟁이나 천안함 수습 도중 일어난 것이 아님을.

학도병의 편지

경북 칠곡군의 다부동 전적기념관을 다녀왔다. 1950년 6월 25일, 한국전쟁이 시작되면서 북한군은 파죽지세로 남하했고, 그 해 8월 마침내 낙동강에 이르렀다.

북한군은 대구의 관문인 다부동 전선에 5개 사단 병력을 투입하여 집중 공세를 펼쳤다. 이에 맞서 아군은 살인적인 더위를 무릅쓰고 북한군과 무려 55일 동안이나 치열한 공방전을 펼쳐 최후의 방어선을 지키는데 성공했다. 다부동 전투가 1차 세계대전 때 프랑스 수도인 파리를 위기에서 구했던 뵈르덩(Verdun) 전투에 비유되기도 하는 이유이다.

기념관은 조용했다. 탱크 모양의 기념관 주변에는 전투기나 전차 등이 전시돼 있고, 참전 용사와 경찰관 이름이 새겨진 충혼비가 세워져 있었다.

당시의 사진들을 둘러보다가 눈이 딱 멈추는 곳이 있었다. 군번도 없이 총을 들고 전쟁에 투입된 소년들이었다. 15세 전후의 어린 학도병들은 연합군이 올 때까지 무려 11시간이나 북한군의 남하를 지연시키며 혈전을 벌였다. 얼마나 절박했던지 10살 남짓한 아이들까지 사제 수류탄을 쥐어주며 등을 떠밀었다고 했다.

학도병 징용에서 낙오된 소년들은 보국대로 강제 동원되었다. 지게에 포탄과 식량을 짊어지고 전방고지로 운반하는 임무를 수행했다.

사진 속의 소년은 지쳐보였다. 위험한 무기와 주먹밥을 싣고 힘겹게 산을 오르는 모습을 보니 울컥했다. 충격적이었다. 전쟁터에서 무기를 나르는 일은 화약을 지고 불 속을 뛰어드는 것과 다르지 않을 것이었다. 운반 도중 잘못되어 사망하는 경우도 비일비재했다고 하니 그것이 어찌 인간이 할 짓이던가.

총탄의 위협을 느낄 때에도 주먹밥만은 나뭇가지에 걸어두었다는 걸로 보아 그 일에 목숨을 걸었음을 알 수 있었다. 배고픈 군인들이 허겁지겁 꺼내 보면 정작 밥에는 구더기들이 잔뜩 엉겨 붙어 있었다고 했다. 대충 털어내고 먹을 수밖에 없는 군인이나 죽음을 무릅쓰고 식량을 나르는 소년에게 전쟁은 어떤 의미였을까.

기념관을 나오니 6월의 햇살이 눈을 찌르듯 따가웠다. 멀리 유학산과 가산산성을 바라보며 한국 최대의 격전지였던 그날의 현장을 가늠해 보았다.

벤치 앞에는 학도병이 쓴 편지가 전시되어 있었다. 누구를 위한 전쟁인지도 모른 채 산화한 어린 학도병이 어머니에게 쓴 편지였다.

"어머니, 상추쌈이 먹고 싶습니다. 이가 시리도록 차가운 샘물을 벌컥벌컥 들이키고 싶습니다."

웃은 죄

'잘 웃는 편'이라고 하면 나무랄 일은 아니겠으나 모든 악은 적절치 못함에서 비롯된다. 웃는 것도 때와 장소를 가려야함에 아무리 우스워도 참아야할 경우가 있는 것이다. 웃음에 대한 인내다. 웃음에 대한 예의다.

새댁 시절, 남편은 나의 잦은 웃음을 죄목으로 삼곤 했다. 배시시 품위 있게 미소 띠는 새 색시를 꿈꾸던 남자에게 까르르 소리 내어 웃는 천방지축이었으니!

시할머니의 입가에 붙은 밥풀을 보고도 호호 웃고, 짝짝이 양말을 신고 간 남편을 보고도 키득키득 웃었다. 국솥에 빠질락 말락 하는 파리를 보고도 자지러지게 웃고, 뒤집어진 채 급히 벗은 신발을 보고도 하이고! 웃었다.

한번은 비싼 표고버섯을 소쿠리에 담아 옥상에 두어 말리다가 비 오고 바람 부는 통에 몽땅 날려버리고 만 적이 있었다.

크게 노한 시어머니가 며느리 대신 심부름하는 아이를 나무라는데, 빈 소쿠리를 쳐다보던 내가 웃음을 터뜨리고 말았다. 버섯이라고는 한 조각도 남지 않은 멍청한 소쿠리라니! 남편이 거칠게 방 안으로 나를 밀쳐 넣었음은 물론이다.

중죄인이 되어 혼나고 있는 나를 보더니 시어머니가 기가 찬 듯,

"마룻바닥에 배를 대고 있어 보면 참아지려나."

이번에는 남편이 큰 소리로 웃으며,

"어떻게요? 이렇게요?"

마룻바닥에 배를 대니 시어머니 기겁하며,

"아서라! 설사할라. 네가 무슨 죄가 있어서…"

나는 또 나의 입장을 헤아리지 못하고,

"웃은 죄요, 웃은 죄!"

커피 칸타타

가을 소묘

미스터리

단추

바보가 되어간다

미안하오, 고맙소

아직도 못 다한 사랑

어머니의 수채화

오래된 라디오

일급 비밀

엄마의 쉼표

해어화解語花

전시회에서

커피 칸타타

미완의 슬픔

화산華山에서

가을 소묘

가을 밤 귀뚜라미 소리는 우는 것인지 노래하는 것인지 궁금할 때가 있다. 베짱이와는 같은 곤충과인데 왜 베짱이는 노래한다고 하고 귀뚜라미는 운다고 할까. 번식을 위해 수컷이 암컷을 부르고 있는 거라면 노래를 불러야 제격이지 않을까. 낯선 암컷에게 세레나데를 들려주는 마당에 울기부터 해서야 수컷의 체면이!

귀뚜라미도 감정이 있는 동물이니 울 때도 있고 노래할 때도 있을 것이다. 두 날개를 비벼서 내는 소리가 아무리 단순하다고 해도 울음과 노래는 분명 차이가 있을 터이다. 정성을 바쳐 노래하는 귀뚜라미의 구애를 우리가 혹, 우리 마음대로 울음으로 단정하는 건 아닐는지.

가을꽃이 피는 것은 생존일까, 문화일까. 벼가 자라던 넓은 들에 곡식을 침범한 꽃들이 설쳐대기 시작했다. 관광객 유치를 위한 지자체들의 고육책이다. 길 가에서 한들한들 손님을 맞던 코스모스도, 산자락에 다소곳이 피어 열매를 맺던 메밀꽃도 임의로 만든 꽃 단지로 대이동을 했다. 집단을 이룬 꽃들이 연일 거대한 군무群舞를 펼친다.

"와아, 대단하네!" 대형버스에서 내린 손님들의 찬사에 코스모스는 길을 버리고 메밀꽃은 산을 버렸다. 꽃들도 머리를 쓰기 시작한 것이다. 생존을 분석하고 문화를 엿보게 되었다. 이제 꽃들에게는 벌蜂이 아닌 사람이 보인다. 벌은 생존이지만 사람은 힘이다. 그들은 전능하다. 씨를 뿌려주고 번식을 보장한다.

바람이 부는 것은 유혹인가, 폭력인가. 넓은 들에 슬그머니 가을바람이 찾아든다. 꽃들이 일제히 바람을 품고 몸을 흔든다. 남자친구를 따라 나온 소녀가 메밀꽃에 코를 댄다.

"지린내 나."

메밀꽃은 장미나 채송화가 아니다. 열매를 맺어 양식이 되어야 하는데 어찌 향내만 있을까. 짓궂은 바람이 짠내나 지린내를 흔들었을 수도 있을 것이다. 소년이 달랜다.

"메밀꽃 향기는 원래 그래."

코스모스 단지에서 소년, 소녀가 사진을 찍을 모양이다. 처음 만난 내게 스마트폰을 맡기더니 부리나케 손을 잡고 꽃 속으로 들어간다. 시市에서 포토 존으로 지정해 놓은 곳이다.

"에그머니나!"

포즈를 취하다 말고 소녀가 외마디 소리를 지른다. 소년도 놀라 소녀를 돌아다본다. 소녀가 한 발을 들고 자신의 발에 밟힌 물체를 가리킨다.

"귀뚜라미네."

소년이 무심히 귀뚜라미를 집어 멀리 던져 버린다. 여자 친구를 불편하게 한 벌罰일 것이다. 눈치 없이 꽃 더미 속에서 무얼 하다 밟혔는지 아무도 묻지 않았다. 울었는지 비명을 질렀는지 나도 듣지 못했다.

미스터리

퇴근하는 길, 시장 앞에서 친정아버지를 만났다. 엄마가 단골가게에서 미꾸라지를 사 오라고 부탁한 것이다. 나는 아버지를 따라 시장에 가서 미꾸라지를 사 드린 후 집 앞에서 헤어졌다.

1시간 후 아버지에게서 전화가 왔다. 미꾸라지가 없어졌다는 얘기였다. 나와 헤어진 아버지가 집에 갔을 때 엄마는 그새 잠이 들었던 모양이었다. 아버지도 미꾸라지를 비닐째로 다용도실에 갖다 놓고 그 옆에서 잠시 잠이 들었는데 일어나 보니 미꾸라지가 없어졌다는 것이었다. 미꾸라지는 분명 시장 아주머니가 검정비닐 속에 두 겹으로 단단히 싸서 장바구니 안에 넣는 것을 내가 보았다. 돈도 내가 내지 않았는가. 다용도실에 가 보았다. 미꾸라지는 흔적도 없었다. 온 집을 뒤져도 미꾸라지는 없었다. 미꾸라지들이 단체로 비닐을 덮어쓴 채 하늘로 날아가 버렸단 말인가? 아니면 땅 속으로 들어가 버렸단 말인가? 한 시간 남짓 동안 미꾸라지들에게 무슨 일이 생긴 것일까?

이번에는 고속도로 휴게실에서 일어난 일이다. 커피를 마시려다 핸드백의 지퍼가 열려 있는 것을 발견했다. 지갑을 꺼내다 잠그는 것을 잊어버린 모양이었다. 나는 잠깐 손에 든 커피를 테이블 위에 놓았다. 지퍼를 잠그는데 1분 정도 걸렸을까. 다시 손을 뻗어 커피 잔을 집는데 뒤에서 웬 남자가 소리를 질렀다. 남의 커피에 왜 손을 대느냐고.

나는 놀라 그의 착오를 지적했다.

"제건데요. 핸드백 지퍼 잠그느라고 잠깐…"

"거짓말 말아요. 그건 내 커피란 말이요!"

"아니에요. 제가 방금…"

"멀쩡하게 생긴 여자가 남의 커피에 손을 대? 양심도 없어? 세상 무서워서 어디 살겠나!"

주말에는 재미있는 미스터리가 있었다. 꽃들이 다투어 피고 있는 캠퍼스를 느린 걸음으로 걷고 있었다. 점심 후 도서관으로 향하던 참이었다. 바로 앞에는 젊은이 둘이 다정하게 가고 있다. 동기생들일까. 동아리 선후배일까. 얘기에 취한 나머지 바로 뒤에 다른 사람이 있는 것도 눈치채지 못한 것 같다. 지구상에 오직 두 사람만 있는 듯한 분위기다. 아름다운 나이다. 누구에게나 지구의 축이 자신을 중심으로 돌고 있는 줄 생각하는 나이가 있는 법이다. 젊음은 그 자체가 특권이니까.

돌계단이 나왔다. 두 사람의 걸음이 더욱 늦추어졌다. 공원이라도 거니는 것 같은 걸음이다. 나는 잠깐 그들을 추월할까 생각했다. 그런데 바로 그 때였다. 여자 아이가 발꿈치를 살짝 들더니 남자의 볼에 키스를 하는 것이 아닌가. 나는 미소 짓고 나도 모르게 두어 걸음 물러났다. 남자아이를 붙잡고 물어보고 싶어졌다. 너는 방금 무슨 짓을 한 것이냐? 무슨 예쁜 짓을 어떻게 했기에 여자 아이가 걷다 말고 키스 선물을 해 주었느냐? 내가 잠깐 추월을 고려하는 사이 너희들에게는 무슨 일이 일어났던 것이냐?

세상은 온통 미스터리 투성이다. 〈이상한 나라의 앨리스〉가 따로 있는 것이 아니다. 발 딛고 있는 이 세상이 바로 앨리스의 나라이고 우리 모두가 앨리스가 아닌가. 나는 오늘도 이상한 미꾸라지와 이상한 커피와 이상한 키스를 찾아 이상한 여행을 떠나고 있다.

단추

    단체에서 야유회를 간 날이었다. 삼천포 화장실에서 바지 단추가 떨어졌다. 다행히 단추는 손에 쥐었으나 실과 바늘이 없었다. 준비된 옷핀도 없었다. 오래된 바지라 지퍼마저 신통치 않아 여차하면 발목까지 내려올 판국이었다.

    손으로 간신히 허리춤을 움켜잡고 화장실을 나와 사방을 둘러보았다. 도움을 청할 일행을 찾았으나 마땅치가 않았다. 공적인 모임이라 무관한 사이가 아닐뿐더러 무엇보다 대부분이 남자인 것도 문제였다. 옷핀이라도 살 수 있을까 해서 슈퍼를 찾았으나 눈에 띄지 않았다. 내린 곳이 바로 선착장이었기 때문이다.

    "어디 가세요? 분수 옆 벤치로 회 드시러 오라는데요."

회장 부인이 구태여 나를 벤치로 데려가 자리에 앉힌다. 시장에서 사 온 회를 몇 사람이 차려 놓는데, 본의 아니게 나는 손 하나 까딱 안 하는 얌체족이 되었다. 거든답시고 바지에서 손을 뗀 순간 희한한 광경이 벌어질 것이기 때문이었다.

"드세요."

"네, 네."

나는 심지어 옆 사람에게 음료수를 권할 수조차 없었다. 부실한 지퍼까지 자리에 앉는 순간 열려버렸기 때문이었다. 나는 이제 엉덩이조차 들 수 없는 몸이 되었다.

건배하는 순간이 찬스였다. 어수선한 틈을 타 가까스로 지퍼를 수습한 나는 건배가 끝나자마자 시장으로 향했다. 생선가게를 거쳐 야채점을 건너 건어물전을 지나니 작은 슈퍼가 보였다. 옷핀은 없고 실과 바늘만 팔았다. 나는 빼앗듯이 바늘을 사 들고 화장실로 돌진했다. 변기 위에 앉아 바지에 단추를 달고 있자니 밖에서 귀에 익은 목소리가 들렸다.

"회장 안사람이에요. 불편하신가 해서 뒤따라 왔어요. 괜찮으세요?"

이쯤 되면 다정만 병이 아니다. 친절도 병이다.

"네, 네. 괜찮아요."

나는 말짱한 얼굴로 화장실을 나왔다. 몸에 단추를 달고 나니 세상이 달라보였다. 미스코리아도 메르켈 총리도 부럽지 않았다. 단추 하나에 이런 엄청난 힘이 숨어 있을 줄이야!

"죄송해요. 가시죠."

나는 마치 머리에 왕관이라도 쓴 사람처럼 당당하게 허리를 곧추세웠다. 벤치에서 회장이 팔을 흔드는 것이 보였다.

바보가 되어간다

어렸을 때부터 '총기聰氣있다'는 소리를 듣던 편이다. 네 댓 살 어린 나이에 이모들이 공책에 적어가며 힘겹게 외우던 유행가를 뜻도 모르면서 2절까지 간드러지게 불러 제쳐 웃음을 자아낸 기억이 있다. 학교 다닐 때도 기억력이 나빠 불편했던 적은 별로 없었다.

그런데 요즘은 왠지 바보가 되어가는 것 같다. 건망증이나 치매 증세를 염려해서가 아니다. 머릿속이 눈에 띄게 비어가는 것이다. 언젠가부터 머릿속 것들이 하나씩 둘씩 빠져나가더니 급기야는 텅 빈 머리통만 달고 있는 느낌이다. 비어있는 공간에는 스산한 바람만이 불어댄다.

주범은 기억력을 방해하는 문명수단들이다. 중요한 전화

번호도 편리한 입력 시스템 때문에 머릿속에 담아둘 필요가 없다. 가족 전화번호뿐 아니라 심지어는 집 전화번호까지도 깜빡할 때가 있다. 나의 경우 집 번호는 오래전부터 0번으로 저장되어 있는 형편이다.

좋아하는 노랫말도 노래방 기기 때문에 외울 필요가 없어졌다. 양희은이 나를 위해 노래를 부르는구나 감동하며 가사에 매료되었던 시간은 옛날이야기가 되어버렸다. 두 줄을 못 넘기고 우물쭈물 꽁무니를 빼게 된다.

물건 값에 대한 개념도 애매해졌다. 어제는 시장 입구 노점에서 호박을 팔고 있는 할머니를 만났다. 바구니 안에 모양이 불규칙한 호박 세 개가 놓여 있기에 얼마냐고 물었다. 천원이라고 했다. 나는 그 중 마음에 드는 한 개를 가리키며 달라고 했다. 그런데 할머니는 비닐을 펴더니 그 옆의 못생긴 호박을 집는 것이었다

"아니에요. 할머니. 그거 말구요, 이것 주세요."

할머니는 이상하다는 듯 나를 흘낏 보더니 호박 세 개를 다 넣는 것이 아닌가. 세 개가 몽땅 천원이었던 것이다. 고맙기도 해라, 하지만 나는 몹시 부끄러웠다. 도대체 나의 머릿속에는 무엇이 들어 있는 것일까?

'필요한 것은 유치원에서 다 배웠다' 라는 말이 있다. 돌

아가신 할머니는 학교 문턱에도 못 가 보셨지만 친인척의 생일, 제삿날뿐 아니라 동네 아이들 입학식, 졸업식까지도 꼼꼼하게 챙기셨다. 그 뿐인가. 당신의 팔순 잔치 때는 '봄날은 간다'를 2절까지 틀리지도 않고 끝까지 부르셔서 중년의 우리를 놀라게 했다. 더 많이 배우고 편리한 시대를 사는 나는 무엇을 얼마나 기억하고 사는 것일까?

미안하오, 고맙소

어쩌다 보니 올 추석에는 나 혼자 큰댁에 가게 되었다. 한복을 차려 입은 데다 짐이 많아서 택시를 타야할 형편이었다. 명절이라 택시가 도무지 잡히지 않았다. 빈 택시가 없기도 했지만 있더라도 기사는 손을 저으며 그대로 지나쳤다. 자기도 차례 지내러 가는 중이라는 뜻이었다.

불편하긴 하지만 좋은 현상임에는 틀림없었다. 한때는 택시 기사들이 명절 대목을 놓칠 새라 차례茶禮마저 포기하고 일을 한 적도 있지 않았던가. 삶의 질이 향상되었다는 뜻이리라. 택시를 포기하고 버스를 탔다. 그런데 아차, 잔돈이 없다.

"기사님 죄송해요. 잔돈이 없네요."

만 원짜리를 내며 머리를 조아렸다. 명절 아침부터 부주의하여 기사를 번거롭게 하는 꼴이 되고 말았다. 기사가 퉁명스럽게 잔돈을 거슬러 주었다.

현충로에서 외국인 근로자 한 사람이 탔다. 손에 만 원짜리 한 장을 들고 있었다. 그가 어눌하게 말했다.

"죄송합니다. 어제 월급을 타서 잔돈이 없습니다."

기사가 당장 내리라고 소리를 버럭 질렀다. 근로자는 거듭 사과했다. 기사는 차를 세운 채 꿈쩍도 하지 않았다. 보다 못한 내가 한 마디 거들었다.

"아저씨. 너무 하시는군요. 제가 저 사람 차비 낼게요."

요금함에다 근로자의 차비를 넣었다.

"너무하다니? 이 아줌마가 불난 집에 부채질 하나?"

기사가 끼익 사이드 브레이크를 올리더니 내 앞에 우뚝 와 섰다. 얼굴까지 붉히며 일사천리로 쏘아 붙였다.

'나는 지금 명절에 차례도 못 지내고 일하는 중이다. 버스 기사나 택시 기사나 똑 같은 운전수인데 우리만 왜 명절에도 일을 해야만 하나. 게다가 당신도 만 원짜리를 내고 저 놈도 만 원짜리를 내는 바람에 기분이 더럽다. 돈 자랑 하냐?'

험악한 분위기 속에서 나지막한 목소리가 들려왔다.

"우리가 미안하오, 기사 양반."

구세주처럼 나타난 사람은 연세가 지긋한 노신사였다. 젊은이의 자리 양보를 굳이 사양하고 손잡이를 탄탄히 잡고 서 있는 노인이었다. 거의 팔십은 되지 않았을까.

"진정하시구려. 덕분에 우리가 명절 차례에 참석할 수 있잖소. 버스는 택시와 다르지요. 대중교통 아니요? 이것 아니면 우리 같은 서민이 어떻게 움직이겠소. 우리가 미안하오. 그리고 고맙소."

승객들이 우우 기사를 격려했다. 기사는 못 이긴 척 제 자리로 돌아갔다. 버스가 달리기 시작했다. 창 밖에는 가을 하늘이 맑았다. 올 추석 유난히 크고 밝았던 달도 우리 모두의 응원 덕분이 아니었을까.

아직도 못 다한 사랑

글을 쓰다 보면 손뼉을 딱! 치게 되는 표현을 만날 때가 있다. '아직도 못 다한 사랑'이 그러하다. 한글에서의 형용사 표현의 우수성이다.

동사가 잘 발달된 영어권 전공자에게 이 표현을 물었더니 기껏 'endless love' 니 "I still love you."가 나온다. 명함도 못 내밀 번역이다. '아직도 못 다한'이 머금고 있는 안타까움과 여운과 향취를 절반도 못 살리고 있지 않는가.

한글은 15세기 중엽(1443년) 동아시아의 모든 나라가 한자문화권에 있을 때 세종대왕에 의해 창제되었다.

흔히 알고 있듯이 창제 당시 온 국민이 박수를 치며 감격하고 좋아했던 것은 아니었다. 어느 시대나 보수와 진보가 있기 마련이어서 세종 역시 보수층의 심각한 반대에 부딪쳤다. 당시의 국민 정서상 한자 문화권에서 벗어나는 것은 오랑캐의 무리 속으로 들어가는 것을 의미했기 때문이다.

돌이켜보면 그것은 전대미문의 대형사건이었다. 사회적으로나 정치적으로 모험에 가까운 발상이었던 것이다. 배우기 쉬운 한글을 전 국민이 익히기 시작하면 지식인들마저 어려운 한자를 멀리하여 중국문화를 이해하지 못하게 될까봐 염려되는 분위기였다.

세종이 특별히 공을 들인 집현전 학사들조차 반대가 심했다. 사대 외교에 위배된다는 명분이었다. 마지막까지 소신을 굽히지 않았던 최만리가 반대상소문을 들고 임금을 찾아갔을 때 신하들의 성화와 당뇨 후유증으로 고생하는 세종을 보고 뜻을 접었다는 일화는 우리를 숙연하게 한다.

21세기에는 놀랍게도 영국의 옥스퍼드 언어연구회가 한글을 세계 우수 언어로 지정했다. 〈대지〉의 작가 펄벅은 한글을 '세계에서 가장 단순하면서도 가장 훌륭한 글자'라고 극찬했고, 시카고의 매콜리교수는 언어학자로서 최고의 글자를 기리는 것은 당연한 일이라며 한글날만 되면 제자들과 파티를 열었다고 전해진다.

문제는 미련한 후손들이었다. 세계 유수의 언어학자들조

차 주목하고 기리는 한글날을 10여 년 동안이나 국경일에서도 제외시켰으니 이 망신을 어찌할까. 한글을 국보 제1호로 정하고 한글날을 문화의 날로 지정해야 한다던 학자들은 다 어디로 숨어버린 것일까.

다행히 올해에는 한글날이 국경일로 부활되었다고 한다. 결정적인 순간이 되면 언제 그랬느냐는 듯이 우뚝 서고야 마는 한국인의 기질 덕분이리라. 기쁜 마음에 스마트폰을 열어보니 아직은 빨간 날 표시가 되어 있지 않다. 출시된 지 오래된 고물 폰이라 별도 업그레이드가 필요한 모양이다. 그렇다면 SNS로 온 세상에 '아직도 못 다한 사랑'을 날려 볼까나. 지구 반대편에서 누군가 혹, "어떻게 말로 다 하나요?"로 답해 올는지?

어머니의 수채화

전임 대통령이 유명화가의 그림을 500여점이나 소장하고 있다는 뉴스를 보고 나 같은 서민에게 제일 먼저 드는 생각은 그 많은 그림을 어디에 걸었을까 하는 거였다. 그림보다 벽을 걱정한 셈이다.

신혼 초 시댁 마루에는 수채화 한 점이 걸려 있었다. 한국 수채화의 대부라 불리는 서동진徐東鎭 화가의 그림인데, 사적으로는 시어머님(서원자)의 숙부가 되기도 한다.

당시 어머님의 친정은 달성 서씨 집안의 주축으로서 일제강점기를 거치고 전쟁을 겪는 어려움 속에서도 독립운동가와 예술인을 길러낸 집안이었다. 친정에 대한 자긍심이 강한 어머님은 그 그림을 숙부에게서 직접 받았다고 자랑

했으나 그림에 문외한인 아들, 며느리들은 별 다른 반응을 보인 일이 없었다.

어느 날 서울에서 미술대학을 나온 사촌 시누이가 그림을 주목하더니 낙관落款은 어찌되었느냐고 물었다. 우리는 한 번도 궁금해 본 적이 없는 사항이라 서로의 얼굴만 쳐다보았다.

"아, 낙관! 도장 말이구나"

어머님의 설명을 듣고 우리는 경악을 금치 못했다. 피난 시절 귀한 그림을 받긴 했으나 마땅한 액자가 없어 고민하던 중 지하실에서 찾아낸 액자는 그림보다 크기가 작았다. 새로 사려니 돈이 들고, 빈 액자도 아깝고 해서 그림을 액자에 맞추다 보니 사방 여백 부분을 접어서 넣을 수밖에. 화가의 낙관은 감쪽같이 액자 속으로 들어 가 버렸던 것이었다.

시누이가 조심조심 액자를 풀어 보았다. 유리도 없이 60년을 견딘 그림은 접혔던 부분이 완전히 해어져 손에 닿는 순간 툭 떨어졌다. 낙관 또한 삭아서 흔적만이 불그레하게 남아있을 따름이었다.

불편한 침묵이 우리를 에워쌌다. 수채화는 바로 어머님의 자존심이었던 것이다. 귀하게 태어나 가난한 집 수재를 만났을 때도 신혼의 꿈과 함께 수채화가 있었고, 전쟁으로 남편과 생이별을 했을 때도 통일의 여망 한 복판에 그것이 있었다. 깊은 밤 잠든 자식들 옆에서 사무치는 외로움으로 뼈를 깎을 때에도 통한의 곡哭과 함께 수채화는 그 자리에 있었다. 욕된 세월 속에서도 그것은 어머님의 역사였으므로 결혼반지를 들여다보듯 아침저녁 마주 대해 온 것이었다.

다행히 수채화는 어렵게 낙관을 회복했다. 귀신도 곡할 일본 기술이 낙관 흔적을 고스란히 물에 풀어 정교하게 되살려 놓았던 것이다. 수채화는 새롭게 표구되어 집 안에서 가장 중심되는 자리에 걸리게 되었다. 화가가 조카에게 남긴 오직 한 점의 명작이었으므로 전임 대통령처럼 벽을 두고 고민할 일은 없었다. 벽 하나에 그림 한 점이 자랑스럽게 걸려 있었다.

오래된 라디오

   집안 물건을 정리하다보니 라디오가 3대나 있는 것을 알았다. 성능은 거기가 거기였다. 라디오 A는 대체로 FM이 잘 나오는 대신 AM이 시원찮고 라디오 B는 그 반대였다. 라디오 C는 소리는 제일 시원치 않은데 셋 중 모양이 가장 세련되고 예뻤다.

   나는 그 어느 것도 버리지 못하고 분야별로 라디오의 채널을 고정시켜 놓았다. 그런데 역시 고물은 고물이었다. FM이 잘 나오던 A가 어느 날은 오케스트라가 헝클어지고 난리법석을 떠는가 하면 B 또한 마찬가지였다. C는 무엇이 못 마땅한지 소리 자체가 아예 나오지 않기도 했다. 갑자기 오래 전 친구의 남편이 생각났다.

그는 대단한 클래식 애호가였다. 신혼집에 자신의 음악 감상실을 별도로 가지고 있을 정도였다. 벽을 꽉 채운 레코드판에다 어마어마하게 비싼 음향기를 갖춘 그 방에서 나는 단 한 대의 고물 라디오를 보물처럼 끼고 사는 나의 초라한 삶을 슬퍼했다.

집 구경하느라 그의 서재에 들렀을 때 책상 위에 오래된 라디오 한 대가 놓여있는 것을 보았다. 중학생 때부터 지금까지 애용하는 것이라고 했다. 저렇게 좋은 감상실을 가지고 있는 사람이 고물 라디오를? 나의 표정에서 의문점을 발견했는지 그가 말했다.

"결국은 모노로 돌아가게 되어 있지요. 하하"

젊은 날에 '모노(mono)'를 이해한 그의 혜안이 놀랍다. 나도 한때 휴대폰 액정에 'Simple is Beautiful'이라고 새겨 다닌 적이 있었다. 간절히 '단순한 삶'을 지향한 것도 사실이지만 일말의 허영심도 있었음을 부인할 수 없다. 왜냐하면 아름다운 '단순'은 수많은 '복잡'의 단계를 거쳐야 가능한 것인데 나는 늘 '복잡'의 초기 단계에서 허우적거리고 있었던 것이다.

이제 나는 오래된 라디오에서도 어찌할 수 없는 '복잡'을 본다. 너무 많은 채널과 기능을 가진 녀석들은 나의 손가락이 다이얼을 누를 때마다 몸살을 앓는다. 1밀리의 착오만 생겨도 지지지직 아우성을 치고, 두 개의 방송이 섞여서 시장터를 방불케 할 때도 있다.

　나 또한 그들과 다름이 없으리. 내 속에 너무 많은 나를 가지고 있어 조금만 어긋나도 상처를 입는다. 언제쯤이면 위풍당당하게 모노로 돌아갈 수 있을까. 오래된 집에, 오래된 라디오와 오래된 사람이 서로의 '복잡'에 발목을 붙잡혀 낑낑거리며 살아가고 있다.

일급 비밀

친정아버지의 생신이라고 서울 사는 여동생 부부가 내려왔다. 내가 친정에 도착하자 제부가 기세등등하게,

"처형도 장어 좋아하지요?"

대뜸 묻는다. 나는 순간적으로 제부와 친정아버지가 모처럼 장어를 안주 삼아 술 한 잔 하고 싶은가 보다 짐작하여 장어라면 이 동네에서는 '삼수장어'가 유명하다고 아는 체를 했다.

식당에 도착하여 자리를 잡자 개량 한복을 입은 도우미가 미술전시회 화보급 되는 거창한 메뉴판을 들고 왔다. 제부가 다소 과장되게 두 손을 모으며,

"뭘 시키나. 날이 날이니 만큼 좋은 걸 먹읍시다."

동의를 구하듯 나를 쳐다보는데,

"삼수 특대로 하세요. 잘 해 드릴게요."

도우미가 얼른 거들었다.

삼수특대는 이 집의 특별 요리로써 궁중요리에서나 볼 수 있는 화려한 접시에다 양념 장어와 구운 장어 외에 각종 한약재와 더덕, 인삼, 몸에 좋은 야채를 버무려 놓은 작품 이었다. 재료들은 너무나 희귀하고도 신선하여 진시황이 살아있다면 삼수씨는 자자손손 벼슬길에 오르게 될 것이 틀림없었다.

건배가 끝나자 동생이 먼저 이름 모를 야채 한 가닥을 집어 올렸다. 나는 옆에 놓인 재첩 국을 맛보았다. 아버지는 구운 장어 한 점을 드셨고, 제부는 양념 장어 한 점을 집었다.

술이 돌고, 우리는 잠시 음식에 열중했다. 그러다 문득 수상쩍은 낌새를 주목하게 되었다. 접시 가득 담긴 장어가 시간이 가도 도무지 줄어들지를 않는 것이었다.

제부가 먼저 의혹을 제기했다.

"처형은 언제 이 집에 와 봤어요?"

나야 처음이라고, 그런데 이 집은 소문난 장어집이라고 대답했다.

이번에는 동생이 아버지를 의심했다.

"아버지는 왜 인삼만 드세요?"

아버지는 점심을 늦게 드셔서 안 당긴다고 하셨다. 그러면서 제부에게 질문하셨다.

"장어를 먹자고 한 자네는 왜 더덕만 먹고 있는가?"

대답 대신 제부가 다시 나에게 화살을 돌렸다.

"처형은 왜 재첩국만 들어요?"

"국이 아주 시원하네요. 푸핫!"

박씨 가문의 일급비밀이 들통 나는 순간이었다. 우리는 아무도 장어를 좋아하지 않았으되 혼자만 그런 줄 알고 숨겼던 것이었다.

다시 친정. 부엌에서 동생이 라면을 끓였다. 식탁에다 젓가락을 탁, 탁 놓으며,

"생일날 이게 무슨 꼴이야. 괜히 장어는 먹자 해 가지고."

김치도 없는 라면은, 그러나 맛이 있었다. 아무려나 생일 음식이다 보니.

엄마의 쉼표

차례茶禮가 끝나자 형제들은 모두 상머리에 앉았다. 돌아가신 엄마의 첫 제사였다. 제사란 것이 원래 죽은 사람 평계로 산 사람끼리 만나는 제도라고 하지만 어쨌거나 부모는 죽어서까지도 흩어져 사는 자식들의 연결고리인 것만은 사실인 모양이었다. 핏줄끼리 모여 부모에 대한 아쉬움을 공유할 수 있다는 것이 얼마나 다행스러운가.

동생들에게 술을 한 잔씩 건넨 맏동생이 입을 열었다.

"대단한 노인네셨지. 나는 평생 아버지보다 엄마가 더 무서웠다니까."

"당연한 거 아니오? 아버지도 엄마를 못 이겼으니…"

매사에 우유부단하고 답이 없는 아버지에 비해 사리 분

명하고 진취적이었던 엄마에 대한 아들들의 평가였다. 하나같이 아버지의 성향을 닮아 욕심 없이 고만고만한 삶을 꾸려가는 위인들이었다.

"저는 할머니가 무섭지 않았는데요."

외삼촌들에게 술을 따르던 아들이 나섰다. 내가 직장을 다니고 있었던 탓에 많은 시간을 할머니와 함께 보낸 아이였다. 객기가 많고 산만하여 속깨나 썩인 녀석이었다.

내 마음이 아이의 성적에 따라 천국과 지옥을 오가던 시절, 나는 녀석만 보면 야단치고 싶어 안달했다. 그럴 때마다 녀석은 할머니의 등 뒤로 숨었다. 할머니는 손자에게 타일렀다. 기죽을 것 없다. 사내자식은 하고 싶은 것도 하며 살아야 하는 거야. 괜찮아, 괜찮아.

"그럼요, 할머니는 쉼표였어요."

이번에는 모처럼 연주 스케줄이 비어 귀국한 딸이 나섰다. 어렸을 때부터 악기를 공부한 아이였다. 얼마나 고단한 삶이었던가. 스타카토로 시간을 끊어 도 닦듯이 연습에 빠져 있던 손녀에게 할머니는 늘 말했다. 좀 쉬렴. 쉬어가면서 해.

유학시절 하루 8시간씩 정신없이 연습하다가 문득 배가 고팠다고 한다. 밥솥을 여니 밥은 없고 좀 쉬라는 할머니의 목소리가 그리워서 밥솥을 끌어안고 울었다는 손녀는 아직도 그때의 감회를 못 잊겠는지 눈물을 글썽거렸다.

"어쨌거나 대단한 어른이셨어. 겁나는 게 없었잖아?"

남동생들이 취한 모양이었다. 여자들이 상을 치우기 시작했다. 첫 제사라 상 위에 영정사진이 놓여 있었다.

나는 그것을 벽에 걸며 엄마와 눈을 맞추었다. 편안하고 따뜻한 시선이 었다. 무학無學이었던 엄마를 많이 배운 남편과 자식들이 의지한 이유는 무엇이었을까? 그것은 바로 엄마의 '쉼표' 때문이 아니었을까?

'괜찮아, 괜찮아' 엄마의 목소리가 그립다.

해어화解語花

당나라의 양귀비는 미모와 가무歌舞만 뛰어난 게 아니라 군주君主의 마음을 끌어당기는 총명까지 겸비했던 모양이다. 현종은 양귀비에게 해어화解語花라는 애칭을 붙여주었다. '말을 알아듣는 꽃'이란 뜻이다. 중국 최고의 시인이라는 이백李白도 그녀를 활짝 핀 모란에 비유했고, 정사正史도 '그녀를 보면 꽃도 부끄러워한다'고 했으니 그녀는 과연 절세가인이었음에 틀림없다.

연출의 귀재 장예모 감독은 두 사람의 사랑을 발 빠르게 상품화했다. 〈장한가 쇼〉이다. 장한가 쇼는 시인 백거이白居易의 장시 〈장한가〉를 장예모가 현대판 쇼로 연출한 것으로 현종과 양귀비의 사랑가이다. 마침 가을비가 추적추적

내려 예약을 취소하려 했으나 불가능했다. 회당 공연비가 어마어마한지라 환불이 안 된다는 것이었다. 허기야 학창 시절에는 소풍도 우중을 무릅쓰고 간 일이 있고 보면 주최 측 입장이 이해가 가지 않는 것도 아니었다. 지급되는 비옷을 입고 자리를 찾아 앉았다.

쇼는 현종과 양귀비가 놀던 화청지華淸池에서 열렸다. 화청지는 현종이 양귀비를 위해 지은 화청궁과 온천이 있는 곳이다. 야간에 펼쳐진 화려한 수상 무대는 우선 그 웅장한 규모부터가 관중을 제압했다. 물 위에서도 더블 스테이지를 운영할 뿐 아니라 달도 별도 만들어내는 재주가 놀라웠다. 중간 중간 남자성우의 음성으로 들려오는 백거이의 시어詩語는 중국어를 모르는 나에게도 힘 있고 운치있게 들렸다. '하늘을 나는 새가 되면 비익조가 되고, 땅에 나무로 자라면 연리지가 되자고 맹세했었지'하는 장면은 우중에도 압권이었다.

물론 두 사람은 애초에 시아버지와 며느리의 관계였다는 사실은 언급되지 않았다. 현종이 양귀비에게 과거의 인연을 지울 수 있도록 도가의 원리를 악용했다는 사실도 밝혀지지 않았다. 안록산과 양귀비의 특별한 관계도 공개되지 않았다. 쇼는 일관되게 두 사람의 비극적 사랑에 초점을 맞추어 양귀비에 대한 현종의 절절한 그리움으로 막을 내렸다. 관객들은 감동했고 기립 박수가 이어졌다.

화청지를 나오자 나는 문득 궁금해졌다. 양귀비에게는 공개된 세 명의 남자가 있었다. 현종과 현종의 아들, 그리고 안록산이다. 그녀는 누구를 진정으로 사랑했을까? 저 세상 가서 혹시라도 양귀비를 만나게 되면 한국말로 살짝 물어봐야겠다. 꽃은 꽃이되 말을 알아듣는 해어화解語花라 했으니.

전시회에서

모처럼 덕수궁 미술관을 찾았다. 근현대회화 기획전이다. 1920년대에서 1970년대까지의 대표작들이 전시되어 있었다. 사진으로만 보던 여러 미술품들을 실제로 보는 감동은 CD로만 듣던 오페라 아리아를 배우의 입을 통해 직접 듣는 것과도 같았다. 내 머릿속에 40호 정도로 저장되어 있던 박수근의 〈빨래터〉가 3호짜리 작은 그림인 것도 의외였다. 3호라면 겨우 엽서 석장을 이어 붙인 크기가 아닌가.

나는 특히 그림 속에 나오는 사람들을 주목했다. 대가족이 모여 생일잔치를 하고 있기도 하고, 파이프를 문 멋쟁이 신사도 있었다. 아이를 업고 절구질하는 여인이 있는가 하면 꽃을 단 모자를 쓴 여인도 있었다. 시대가 다르고 구상과 추상의 접근이 다를 뿐 내 이웃 같은 사람들이었다.

그림 밖에도 사람들이 있었다. 어른에, 학생에, 주말이라 선지 선생을 따라 나선 조무래기들도 끼어 있었다. 아이들은 선생의 설명에 따라 그림 속과 그림 밖을 들락거렸다. 입을 헤 벌리고 자기도 모르게 그림 속으로 들어갔던 아이들은 일행을 잃고 황급히 그림 밖으로 뛰쳐나왔다.

나는 〈카이로 나일강변 에지프트의 여인〉이 되어 아이에게 젖을 물리다가 집 나간 〈길례언니〉를 잠깐 생각했다. 시어머니의 부르는 소리에 급히 나가 〈가족〉사진을 찍기 위해 합류했다. 젖먹이를 어머니에게 넘기고 큰 아이 옆에 서니 바둑이가 먼저 나와 있었다. 가족이 된 지 오래된 강아지였다.

관람이 끝나 기념품 가게로 들어갔다. 달력을 살까, 도록을 살까 만지작거리는데 수첩 표지를 장식한 〈아악의 리듬〉이 눈에 들어왔다. 청각장애인인 김기창의 그림이었다. 선들이 얼마나 역동적인지 눈이 다 시원했다. 친구들에게도 선물할 겸 몇 개 손에 넣었다.

이 무슨 우연일까. 전시장 밖으로 나오니 정문 쪽에서 아악소리가 들렸다. 수문장 교대 행사 중인가 보았다. 그들이 내가 산 수첩의 표지를 보았을 리도 없고 그림 속에서 아악이 튀어 나왔을 리도 만무하건만 나는 어쩐지 양쪽이 합주를

하는듯한 착각에 빠져들었다. 신新, 구舊와 안, 밖의 합일이
었다.

그러고 보면 짐승이나 꽃이 아닌 인간으로 태어남은 얼
마나 큰 행운일까. 제 아무리 영특한 짐승이라도 그림을 그
리거나 아악을 울릴 수는 없을 것이다. 그 어떤 아름다운
꽃이 그림 속으로 들어가 한 번도 만난 적 없는 작가의 고
뇌와 슬픔에 공감할까.

아악소리가 가까워지기 시작했다. 나는 정문을 향해 천천
히, 좀 걸었다. 잔설이 희끗희끗 남아있는 덕수궁을 느긋하게
어슬렁거리다보니 늦가을 해가 서쪽으로 지는 것이 보였다.

커피 칸타타

내 이럴 줄 알았다. 집에서 새는 바가지가 밖에선들 무사하랴. 이번에는 커피다. 데이트 나갔던 딸아이가 찬바람을 일으키며 제 방으로 쌩 들어간다. 엄마 등쌀에 세 번이나 만났는데 만날 때마다 자판기 커피만 권하더라는 것이다. 식사비에 버금가는 커피는 사치라는 주장이었다고 한다. 딸은 커피를 음식 값과 비교하는 남자가 불편했고 남자는 여자의 커피 선호가 거북했던 모양이다. 난감한 일이다. 화성 남자와 금성 여자가 만난 건가.

젊은 날의 내 모습이 떠오른다. 둘만의 오붓한 자리를 마련한 남자가 다방에서 커피를 시켰을 때였다. 오후였는데도 남자는 '모닝커피'란 것을 시켰다. 커피에 계란 노른자를 띄워주는 '특커피'였다.

그의 입장에서는 여자에게 비싸고 좋은 것을 사 주고 싶었는지도 몰랐다. 그러나 나는 평소에도 날계란이 싫었다. 비릿한 맛이 커피에 섞이는 건 더욱 싫었다. 커피 한 잔에서조차 영양가를 따지는 남자도 재미없었다.

난처했던 일은 그 다음에 일어났다. 상식적으로 계란 노른자는 스푼으로 조용히 떠서 한 입으로 먹는 법이다. 그런 다음 커피는 커피대로 마시면 될 일이다. 그런데 남자는 스푼으로 노른자를 깨뜨리더니 커피를 훌훌 젓는 것이 아닌가. 순식간에 커피는 커피 죽이 되고 말았다. 그는 그것을 입가에 몇 방울 묻혀가며 허겁지겁 떠먹었다. 아, 그 코믹하고 갑갑한 모습이라니!

딸아이가 제 방에서 비디오의 볼륨을 높인다. 하필이면 바흐의 〈커피 칸타타〉다. 영주領主의 딸이 시집은 안가고 커피 마시는 데만 정신이 팔려 있다. 영주가 단단히 화가 났다.

"아, 이 몹쓸 딸 같으니! 커피 좀 그만 마시고 시집이나 가라니까!"

"오, 아빠 그런 말씀 마세요. 커피를 못 마시면 나는 아마 구운 염소고기처럼 쪼그라들고 말 거예요. 천 번의 키스보다 더 달콤하고 맛있는 이 커피를!"

똑, 똑. 아이의 방문을 연다. 쟁반 위에 에스프레소 두 잔을 준비했다. 일반 커피의 열배를 농축하여 진하고 쓴 맛이다. 비디오를 끄고 아이 옆에 앉아 눈을 맞춘다.

"요즘은 애견카페에서도 커피향내를 풍겨 개들이 신났다네요."

아이가 내 눈치를 보며 선수를 친다.

"자판기 커피도 취향이야. 바흐도 달짝지근한 일회용 커피를 좋아했다더구만."

에스프레소를 한 모금 마신 딸이 얼굴을 찡그린다. 바로이 때다! 주먹을 들어 딸의 머리를 힘껏 쥐어박는다.

"인생이 본디 쓰디 쓴 거다. 아무려면 남자가 커피보다못할까."

미완의 슬픔

　동학혁명 120주년을 맞아 혁명의 발원지를 둘러보았다. 동학혁명은 1894년 갑오년, 고부 군수의 만석보 수세 징수가 발단이 된 농민항쟁이지만 도시민, 소상인, 몰락 양반 등 사회 여러 계층이 동학세력과 손을 잡고 세상을 발칵 뒤집어 놓은 사건이어서 학계에서는 갑오동학혁명이라고 한다.

　혁명군은 관군에 대항하여 치열하게 싸웠으나 실패로 끝났다. 많은 사람들이 처형되고, 마을은 불태워졌지만 지금은 근대화운동으로 재조명되어 모의탑이며 전적지도 만들고 무명농민을 위한 추모탑도 세워 항쟁의 뜻을 기리고 있다.

　날씨가 좋았다. 덥지도 춥지도 않은 쾌청한 날씨에 나는 한 마을을 주목했다. 고부면 주산마을이다.

항쟁의 주모자인 전봉준은 처가가 있는 이 마을의 한 초 가집에서 동학의 우두머리 20명과 함께 사발통문을 만들었 다. 한지 위에 사발을 놓고 돌아가며 이름을 서명하여 봉기 모의를 한 것이다.

그에게도 사랑하는 부모와 처자식이 있었으리라. 무엇 이, 얼마나 그리 절박했기에 가족의 안위마저 장담할 수 없 는 상황에서 목숨을 건 모의를 감행해야만 했을까. 동학의 사상이 평등이라지만 생존보다 처자식보다 그것이 우선이 었을까.

동학 교주의 면면을 보면 그들이 평등을 최상의 가치로 내세웠음을 알 수 있다. 1대가 최제우요, 2대가 최시형이 다. 3대는 독립선언문의 손병희이며, 어린이날을 만든 방정 환은 그의 사위이다. 백범 김구도 동학교도였다는 기록이 있다.

초대 교주인 최제우는 그의 사상 '인내천人乃天'에 의해 집에서 부리던 두 여종의 문서를 불태우고 며느리와 양녀 로 삼았다고 한다. 비슷한 시기에 미국에서는 노예 해방 운 동이 일어났으니 인간에게 있어 '평등'은 추상명사가 아닌 보통명사일지도 모른다. 그러지 않고서야 어떻게 인터넷도

SNS도 없었던 시대에 생김도 다르고 말도 다른 동서양의 인간이 같은 고민을 할 수 있었을까.

마을은 초라하고 한적했다. 한때는 만민평등의 표징이 된 마을이었지만 지금은 사발통이 작성되었던 초가집마저 전씨도 처가 성도 아닌 타인의 소유로 바뀌어 있었다.

세월이 흘러 항쟁의 불씨가 되었던 고부군수의 자손이 서울에서 내려와 사죄를 했다는데 잘 나가는 유명 대학의 교수 신분이었다고 한다. 죽은 사람은 말이 없고 남은 자의 슬픔은 끝나지 않았으니 그 또한 세상의 인심인가 보았다.

화산華山에서

중국 섬서성의 화산華山에 가 본 사람이면 누구나 그 깎아 지른듯한 절벽과 험악한 산세에 압도된다고 한다. 또 어떤 이는 뼈대만을 자랑하는 화강암의 흰 표면이 여인의 속살 같다고 탄복하면서 우리 삶도 거추장스러운 수식은 다 빼고 사랑만 존재했으면 좋겠다고 말하기도 한다.

다 좋은 이야기다. 화산은 분명 해발 2,155m에 이르는 중국 5악의 하나로 암벽을 타듯 기어 올라가야 하는 경사 90도의 수직 돌계단과 오금을 저리게 하는 절벽 등산로, 황천길을 무색케하는 '장공잔도長空栈道'로 전 세계 강심장들을 모으기에 손색이 없다.

그러나 한편 변변한 나무숲 하나 못 거느리는 바위덩어

리 산이 마냥 아름답기만 한 것일까 하는 의문이 들기도 한다. 산은 모름지기 살이 되는 흙과 그늘을 이루는 나무와 피가 되는 물이 어우러져야할 것이다. 그 어떤 연유로 스스로 폭발하여 단단한 암석이 되었는지 모르지만 바위로만 이루어진 산은 너무 완고하고 야박하지 않은가.

아찔한 절벽을 일터로 삼는 원주민 짐꾼들 또한 눈물겹다. 양쪽 어깨에 걸친 기다란 지게에 짐을 잔뜩 매달고 가는 그들을 보면 사람이 짐을 옮기는 건지 짐이 사람을 움직이는 건지 구분이 가지 않는다.

그 옆을 알록달록한 등산복 차림의 젊은이들이 화산 특유의 짜릿한 스릴에 도취되어 트래킹을 즐기고 있다. 연인들은 붉은 천으로 자물쇠를 묶어 난간에 매달고는 열쇠를 천 길 낭떠러지로 던져 버리는 치기를 보이기도 한다. 사랑의 맹세이다. 짐꾼에게는 생존인 무심한 산이 등산객에게는 낭만이 되고 있는 현장이다.

짐꾼도 젊은이도 아닌 나는 잠시 숨을 돌려 커피를 한 잔 마시기로 한다. 까마득히 내려다보이는 계곡을 보니 사는 동안 막막했던 순간들이 떠오른다. 삶은 곧 밀어도 밀어도 굴러 떨어지기만 하는 바위덩어리를 또 다시 밀어 올려야 하는 시지프스의 형벌이 아니던가. 저 산은 대체 그 무슨 운명으로 저리도 단단한 돌이 되고 말았을까. 제 아무리 버티어봐야 수억 년 후에는 흙으로 풍화되고 말 것을.

바람결에 피리소리가 들려온다. 휴식 동안 짐꾼이 부는 구슬픈 가락이다. 피리소리는 산골짜기를 어루만지다가 계곡을 돌아 등산객들의 마음 언저리를 헤매다 그친다. 누군가가 스마트폰을 들이댔기 때문이다. 그가 사진기 앞에서 찡그렸다 웃었다 하는 모습을 저무는 해가 물끄러미 내려다보고 있다.

지나간다

밥
주主와 부副 사이
어머니의 유품
진짜와 가짜
누룽지탕
푸시킨에게
응답하라, 청춘!
겨울 맛, 겨울 멋
지나간다
해맞이
은수저의 분배
굴비
작심삼일
낮잠 든 사이
2,200년 전

밥

공원 한 쪽에 빨간 차가 도착했다. 소방차가 아니다. 밥차다. 머리에 흰 수건을 쓰고 앞치마를 두른 봉사자들이 차에서 내린다. 사람들이 기다렸다는 듯이 줄을 선다. 삽시간에 줄은 기역자를 이룬다.

봉사자들의 손은 재바르다. 건장한 남자들이 밥솥과 찜통을 나르면 팔 힘 좋은 여자들이 밥주걱을 꺼내든다. 주로 키 큰 여자들은 국을 푸고 키 작은 여자들은 반찬을 담는다.

밥을 먹으려는 사람들도 바쁘기는 매한가지다. 줄을 서고 자리를 지켜야 한다. 나물국인가 고깃국인가도 관심이 있고, 마른반찬이 무언지도 궁금하다. 화장실에 가고 싶어도 조금 참기로 한다. 온 신경이 밥으로 치닫는다.

그들은 서로 모르는 사람들이다. 그러나 식판을 주고받는 사이 어렵지 않게 공통점을 발견한다. 이를테면 '밥주걱!' 하면 흥부의 볼기짝을 후려친 놀부마누라를 연상한다. '밥!' 하면 젊은 한때 미치광이처럼 헤매다 돌아와 이불 깔린 아랫목을 발로 찼을 때 뚜껑 열리며 반겨주던 어머니의 밥과 그 어머니 죽은 후 며칠 안 가 배가 고파 숟가락을 들었던 치욕스러운 밥을 기억해 낸다.

밥은 그런 것이다. 아침밥을 든든히 먹고 출근하면 신경질 내는 상사조차 덜 노여운 것이 밥이고, 부부싸움 끝이라도 시원한 북어국에 김 오르는 밥 슬그머니 밀어주면 속이 풀리는 것이 밥이다. 오죽하면 지금도 아프리카 여인들은 밥솥이 미어지게 밥 한번 실컷 해 보는 게 소원이라고 했겠는가.

와자지껄해서 돌아보니 식판을 받던 남자가 반찬 담는 여자와 언쟁을 벌이고 있다. 꽁치 한 토막 더 달라고 했다가 거절을 당한 모양이다. 남자는 그깟 꽁치 한 토막쯤 더 주면 어떠냐는 것이고 여자는 골고루 나누어야 한다는 설명이다. 남자는 여자가 야박하고, 여자는 남자가 꼴 같지 않다.

남자가 드디어 식판을 팽개친다. 그러나 서 있는 줄만 당겨질 뿐 성 난 남자에게는 아무도 관심이 없다. 남자의 잘못이다. 애꿎은 밥만 손해 보지 않았는가. 치욕은 순간이지만 밥은 그 어떤 것보다 힘이 세다. 청상에 남편을 잃어 땅에 묻고 돌아온 며느리에게 치매기 있는 시어머니는 밥 달라고 하더라지 않던가.

　봉사자도 심했다. 꽁치가 안 되면 무라도 한 쪽 더 얹어주지. 밥은 곧 살아있음의 증거인 것을. 높거나 낮거나 잘 났거나 못 났거나 먹어야 사는 것이 밥인 것을.

주主와 부副 사이

어제 나는 친구와 맛있는 비지찌개를 먹었다. 변두리의
한 허름한 식당에서였다. 맷돌로 직접 콩을 갈아 두부를 만
들고 비지를 내는 집이었다. 그 비지찌개에는 우선 고기가
들어 있지 않았다. 조미료도 물론 쓰지 않았다. 갓 짜낸 비
지 맛을 최대한으로 살릴 수 있는 최소한의 양념만을 사용
했을 뿐이었다.

우리는 허겁지겁 비지를 퍼 먹는데 열중했다. 간이 짜지
않고 삼삼하여 먹다 보니 밥보다 비지를 더 많이 먹었다.
밥을 반찬 삼아 비지를 밥처럼 먹은 꼴이 되었다.

"있잖아, 내가 새댁이었을 때…"

반쯤 먹고 난 후 정신을 차린 내가 말을 꺼냈다.

시어머니에 시할머니까지 모시고 있어 집안에는 손님이 끊일 날이 없었다. 어린 나이에 교실에서 바로 시댁으로 골인한 나는 밥도 제대로 못하는 솜씨로 거의 매일 손님을 치러야 하는 형편이었다. 믿을 곳이라고는 오직 요리책뿐이었다. 나는 요리책을 우상처럼 신뢰했고 의지했다.

어느 겨울 나는 비지찌개에 도전했다. 방게를 넣은 고급 비지찌개였다. 요리책에 쓰인 데로 새로운 비지찌개가 탄생한 것이다. '쇠고기가 든 비지찌개는 더러 있지만 방게를 넣은 비지찌개는 새로운 시도'라고 요리책은 흥분하고 있었다. 바로 이 '새로운'이 나에게는 그렇게도 매혹적일 수가 없었다. 나는 손님으로 오신 시할머니의 친구들께서 나의 새로운 요리에 감탄할 것을 믿어 의심치 않았다. 손님 중 한 분이 나를 부르기 전까지는.

손님은 나에게 빈 그릇 하나를 청했다. 그리고는 꼼꼼하게 방게에서 비지를 털어내더니 나에게 넘겨주면서 말했다.

"게에는 비지를 넣는 게 아니야. 음식이 지저분해져 버렸잖아? 게는 게로 먹어야지"

나는 순간 뒤통수를 얻어맞은 기분이었다. 손님의 눈에는 내가 게탕을 맛있게 끓이려고 비지를 넣은 것으로 보였던 모양이었다. 주主와 부副가 완전히 뒤바뀐 꼴이었다. 나는 손님이 빈 그릇에 긁어모은 비지를 물끄러미 바라보았다. 나조차도 헷갈리는 상황이었다. 나의 요리는 게탕이었던가, 비지찌개였던가? 손님은 다시 한 번 다짐을 두었다.

"게는 게로 먹어야지. 비지는 비지로 먹어야 하고."

오늘 아침 신문에서 '묵은 김치 맛있게 먹어치우는 법'을 읽다 보니 웃음이 절로 나왔다. 거기 또한 어김없이 돼지고기 100g이 등장하고 있었다. 나는 또 먹어 치워야 하는 묵은 김치와 돈 주고 일부러 사야 하는 돼지고기 중 어느 것이 주 음식인지 헷갈리기 시작했다. 그 때 그 손님을 찾아가 물어볼 수도 없고.

어머니의 유품

시어머님의 유품은 많지 않았다. 통장 몇 개와 금붙이 조금, 집안 대대로 내려온 약간의 소장품들이 전부였다. 그나마도 생존 시 유언처럼 분배를 마친 상태였기 때문에 자식들은 말씀대로 나누어 가진 것으로 끝이 났다.

정리가 끝나 모두들 일어나려던 순간에 문갑 한 쪽 귀퉁이에 놓인 인형이 눈에 들어왔다. 낡은 한복을 입은 여자아이였다. 여남은 살 가량 되었을까. 아이는 머리를 두 갈래로 땋아 내린 채 방그레 미소를 띠고 있었다. 어머님이 6·25때 헤어진 딸을 기려 오랫동안 곁에 두고 보아온 인형이었다.

전쟁이 터지자 서울에 계셨던 아버님은 어머님께 자식들을 데리고 친정이 있는 대구로 먼저 내려가도록 했다. 남은 업무를 마치고 곧 뒤따라 갈 계획이었던 것이다. 차비를 마친 어머님이 피난길에 오르기 전 아홉 살짜리 딸에게 말했다.

"너는 남아서 아버지 양말이라도 챙겨드리고 같이 내려오너라."

착하고 순한 딸이었는데 그 날은 웬일인지 어머니를 따라 가겠다고 울면서 떼를 썼다. 아버님도 같이 데려 가라고 했지만 어머님은 구태여 딸을 떼어 놓고 피난 행렬에 올랐다. 그것이 마지막이 될 줄이야!

남북 분단으로 졸지에 이산가족이 된 어머님은 70여년을 회환과 기다림으로 살았다. 노후에 중국 땅을 통해 압록강을 여행했을 때는 강 하나를 사이에 두고 바라만 보고 올 수 밖에 없는 북녘 땅을 향해 목 놓아 울었노라고 했다. 또한 낙조를 밟으며 강변으로 나가 돌아올 길이 없는 남편과 딸을 하염없이 기다렸다고도 했다. 그 기다림, 그 절절함을 어디다 비하랴.

인형은 말없이 문갑에 기대어 서 있었다. 갈래 머리와 한복은 헤어질 당시 딸의 모습이었다. 어머님은 매일같이 인형을 씻기고 닦았지만 옷과 머리 모양은 바꾸지 않았다. 살아 있다면 할머니가 되지 않았을까.

"내가 미쳤지. 그 어린 것을 왜 두고 왔던고!"

어머님은 두고두고 자신의 선택을 자책했다. 아버님에게 잔심부름이라도 할 아이가 있어야겠기에 떨어지지 않겠다고 울며 떼쓰는 딸을 억지로 두고 온 것이 목엣 가시가 된 것이었다.

〈이산가족 찾기〉에 실낱같은 희망을 걸고 적십자사를 문턱이 닳도록 들락거릴 때도 인형은 어머님의 가방 안에 들어 있었다. 깊은 밤 잠 못 들고 깨어 있을 때도 어머님의 손은 인형을 쓰다듬고 있었다.

이제 인형도 안녕을 고할 때가 되었다. 세월이 흘러 남은 동생들에게는 누님의 얼굴조차 가물가물한데 인형마저 어머님의 유품이 되고 말았다. 주인의 사망을 아는 듯 모르는 듯 인형은 그저 천진스럽게 웃고 있었다.

진짜와 가짜

우연찮게 다리에 깁스를 하게 되어 친구들이 문병을 왔다. 말이 좋아 문병이지 핑계 김에 한번 뭉쳐 회포라도 풀자는 심사가 역력하다. 야간수업으로 시간이 빠듯한 대학 선생들까지 스스로 참석을 우기는 걸 보면 우리도 어느덧 친구 좋은 나이가 된 모양이었다.

일 가진 여자들은 시간을 칼같이 쓰는 습관이 은연 중 몸에 배어 있다. 조금 일찍 도착한 주모자가 깁스한 나의 다리는 보는 둥 마는 둥하며 사 들고 온 맥주를 냉장고에 넣기도 하고 만두를 찌기도 하며 부산을 떤다. 식탁에서도 문병은 구렁이 담 넘어가듯 하고 모인 친구들의 공통분모인 대학입시로 화제가 넘어간다.

수시모집과 대학홍보의 어려움을 이야기하다가 한 친구가 오늘 쓴 경비 계산하자며 지갑을 꺼내는데, 모두의 시선이 가방으로 쏠린다. 에르메스(Hermes) 가방이다. 그레이스 켈리(Grace Kelly)가 공식석상에서 임신한 배를 가리느라 들었다고 해서 켈리 백이라는 이름이 붙은 그 가방은 천만 원 이상을 호가한다고 한다. 우리나라에서는 가짜 학위로 세상을 떠들썩하게 했던 S여교수가 들고 나와 화제가 되었던 바로 그 가방이다.

주위가 잠시 술렁거렸다. 하나같이 월급 타서 적금 드는 소시민으로서는 뉴스에나 나오는 그 가방이 낯설고 기이했던 것이다. 누군가가 얼마 주고 샀느냐고 물었다. 가방주인이 생긋 웃으며 가짜라고 실토를 한다. 가짜 중에서는 고급이라 무리를 좀 했다면서.

저녁을 먹고 나자 한 친구가 TV를 틀었다. 9시 뉴스시간이었다. 공교롭게도 기획 특집으로 가짜 명품 소식이 보도되는 중이었다. 한국여성들이 명품을 얼마나 선호하는지 바야흐로 한국이 가짜 명품의 천국에 진입했다는 소식이었다.

카메라를 따라 허름한 공장을 가보니 상표만 붙인 가짜들이 포대에서 쏟아지고 있었다. 취업 준비 중인 한 젊은 아가씨는 거리 인터뷰에서 면접을 위해 가짜 명품이라도 두어 개 준비하는 것은 상식이라고 말했다.

진짜와 가짜가 어떻게 다른지 우리는 알지 못했지만 친구의 가짜 가방은 정말 예뻤다. TV 보는 동안 너도 나도 가방을 들었다 메었다 해 보느라 뉴스가 산만하게 헝클어지고 있었다. 화제 또한 뒤죽박죽이 되어 여러 사람이 동시에 말하다가도 아무도 말하고 있지 않기도 했다. 때 아닌 가짜 명품으로 인해 우리의 마음속에 마麻의 계곡이 형성되고 있음이 틀림없었다.

돌아갈 시간이 되자 가방 주인이 새로 산 가방을 들고 일어났다. 다시 보니 가짜처럼 보이기도 하는 가방이었다. 그러나 여전히 S여교수처럼 가짜 교수의 진짜 명품이 문제인지, 친구처럼 진짜 교수의 가짜 명품이 문제인지는 우리들 마음 속에 숙제로 남았다.

누룽지탕

식당에서 메뉴판을 보니 〈누룽지탕〉이라는 게 나와 있다. 솥바닥에 눌어붙은 밥 누룽지에 물을 부어 푹 끓인 것이다. 밥에 신분을 부여한다면 최하층계급일 터인데 버젓이 특별메뉴로 나와 있다. 값도 비싸다. 삼천원이다. 공기 밥한 그릇이 천원인데 비슷한 양으로 만든 누룽지탕은 삼천원이나 하는 셈이다. 시간과 인건비를 고려한 셈법이리라.

새댁이었을 때 팔순의 시할머니는 종종 누룽지탕을 끓이라고 말씀하셨다. 당시 나는 이십대 초반으로서 신혼살림으로 준비해 간 전기밥솥을 쓰고 있었다. 전기밥솥에는 누룽지 자체가 아예 없다. 누룽지도 없는데 어떻게 누룽지탕을?

요리책을 뒤져 보고 법석을 떤 끝에 터득한 누룽지탕은

성한 밥으로 장난치는 음식이었다. 멀쩡한 밥을 임의로 프라이팬에 눋게 해서 다시 물을 부어 오랜 시간 죽처럼 뭉근하게 끓이는 것이었다. 물과 누룽지가 서로 합일하도록 기다리는 사이 나는 무엇을 생각했던가. 이토록 많은 시간과 공을 들여 떡도 아니고 약식도 아닌 누룽지탕을 만들다니!

누룽지탕은 만드는 일 또한 만만치 않았다. 약한 불에 프라이팬을 올리고 밥을 넣어 노릇노릇하게 눋게 하는데 자칫하면 타거나 덜 눋게 되었다. 불 옆에 붙어 서서 유과처럼 한 장씩 얇게 떠내는 일도 여간 성가시지 않았다. 젊을 때라 비합리적이고 하찮은 일에 시간을 낭비하는 것 같아 마음도 편치 않았다.

손주 며느리는커녕 며느리도 못 본 내가 누룽지탕을 먹고 있다. 예전에는 식당에서 취급하지 않았던 누룽지가 버젓이 메뉴로 등극한 덕분이었다. 멀쩡한 밥을 임의로 프라이팬에 눋게 한 것이 아니라 솥바닥에 저절로 눌러 붙은 자연산이다. 여러 몫을 한꺼번에 끓여서인지 구수하고 깊은 맛이 있다. 스트레스와 불면으로 혹사당한 위 속이 일시에 풀리면서 편안해진다.

숟가락을 놀리다 갑자기 목이 뜨거워진다. 노환으로 치아와 소화기능이 약한 할머니에게는 그 어떤 맛나고 비싼 음식보다 누룽지탕이 유일한 생존수단이었을 것이다. 그를 두고 보약처럼 정성은 못 기울일망정 장난치는 음식이니 비합리적이니 하는 것은 얼마나 사치스러운 발상인가.

　손주 며느리의 이해 부족과 서툰 솜씨로 끓인 누룽지탕이 실은 제 맛조차 내지 못했을 거라는 생각은 왜 이제 와서야 드는 것일까. 할머니는 돌아가시고 없는데.

푸시킨에게

푸시킨.

나는 오늘 아침도 공원 산책길에 당신의 시비詩碑 앞에 섰습니다. 하늘은 맑고 연못은 고요합니다. 오리들은 한가롭게 먹이를 찾고 있습니다.

연못 저 쪽 시비 맞은편으로 잣나무 두 그루를 기둥 삼은 현수막 하나가 보이는군요.

'치매 할머니 찾음. 82세. 환자복 차림. 키가 작고 머리는 짧음. 연락처 xxx'

할머니는 요양병원에서 뛰쳐나간 듯합니다. 날씨도 찬데 환자복 차림으로 어디를 갔을까요. 기하급수적으로 늘어나는 요양병원을 두고는 의견이 많습니다. 합리적인 복지시

설로 인식하는 쪽이 있는가 하면 현대판 고려장高麗葬으로 보는 시각도 있지요.

우리는 고려장에 얽힌 슬픈 이야기를 알고 있습니다. 아들은 어머니를 꽃구경 가자고 속여 지게에 업습니다. 산 속에 버리고 와야 하니까요. 지게에 업힌 어머니는 마을을 지나고 숲길이 짙어지자 솔잎을 따서 길바닥에 뿌리며 가지요. '어머니 어머니 꽃구경 안하고 뭐 하세요' 아들이 물으니, 너 돌아갈 때 산길 잃고 헤맬까 표시를 해 두는 거라고 대답하는 어머니.

푸시킨. 당신은 말합니다.

'삶이 그대를 속일지라도 슬퍼하거나 노하지 말라'

얼마나 많은 사람들이 당신의 이 말에 위안을 얻는지요. 삶은 거칠고 녹록치 않습니다. 환자복 차림으로 뛰쳐나간 어머니의 심정은 어떠할까요. 어머니를 잃고 현수막을 건 자식의 마음은 또 어떠할까요.

젊은 부부가 팻말을 하나 들고 와 당신의 시비 옆에 꽂고 갑니다. 팻말에는 이렇게 적혀 있군요. '강아지 찾음. 포메라니안. 3세. 후한 사례 보장. 연락처 xxx'

이번에는 강아지가 집을 나간 모양입니다. 나는 두 현수막을 비교해 보고 있습니다. 놀랍게도 강아지에는 치매 할머니에게 없는 '후한 사례'가 있군요. 젊은 부부의 애타는 표정으로 보아 약속은 지켜질 것 같습니다.

열 살 가량의 남자 아이가 팻말 앞을 지나다 멈춥니다. 사진과 같은 종種의 강아지를 안고 있습니다. 맞은편의 할머니 현수막이 자신의 존재를 알리듯 힘차게 펄럭이지만 아이는 이미 '후한 사례'에 마음을 빼앗긴 눈치입니다.

연락처를 향해 기분 좋게 스마트폰을 두드리는 아이의 등 뒤에서 푸시킨, 당신에게 묻습니다. 치매 할머니에게 미래는 무엇일까요. 당신이 말하는 기쁨의 날은 언제쯤이면 올까요.

응답하라, 청춘!

TV 드라마를 즐겨 보는 편이다. 더러는 드라마를 삼류문화쯤으로 치부하는 사람도 있지만 나는 그런 결벽증은 가지고 있지 않다. 읽고 싶은 책이 있듯이 보고 싶은 영화와 즐겨 보는 드라마가 있을 뿐이다.

요즘은 '응답하라 1994'가 재미있다. 얼마나 재미있는지 금요일 저녁에 밥 먹자는 친구가 있으면 어느 쪽을 택해야 하나 살짝 고민스럽다.

제목처럼 드라마는 20년 전 지방에서 갓 상경한 대학 신입생 촌놈들의 이야기다. 원조 사투리에 삐삐와 카세트테이프와 최루탄이 등장한다.

세계화를 외치는 지방 출신 대통령은 '관광도시'를 '강간

도시'로 발음하고, 드라마 주인공은 "리더스 다이제스트 하나 주세요."를 매끈하게 서울 말씨로 꾸미다가 "주리(거스름돈)는 됐어요."로 산통을 깨는 장면을 연출한다. 스무 살 청춘의 풋풋한 모습들이다.

나의 스무 살은 장발과 미니스커트로 요약된다. 남자의 머리는 길어지고 여자의 치마는 짧아졌다. 어른들은 언성을 높여 말세末世를 탄식했고, 거리에서는 단속경찰이 젊은이들과 숨바꼭질을 했다. 내가 다닌 대학의 신부神父 총장은 미니스커트와 하이힐이 보기 싫어 운동장에 아예 자갈을 깔아버렸다.

나의 청춘은 '이루어질 수 없는 것들에 대한 동경'이었다. 나는 나의 청춘이 낡고 비루한 가치에 의해 훼손되는 것에 절망했다. 나는 빛나고 손에 닿지 않는 그 무엇을 꿈꾸었다. 용기있는 친구들은 바다를 건너거나 감옥을 선택했다. 비겁한 나는 밤에는 한숨 쉬고 낮에는 자책했다.

그 시절 우리의 공동 관심사는 김형석과 이어령과 유치환이었다. 더러는 김형석에, 더러는 이어령에 중독되었다. 유치환이 이영도에게 보낸 편지를 두고는 남녀불문 늦은 밤까지 언쟁이 끊이지 않았다.

하품하던 막걸리집 주인이 문을 닫고 들어간 뒤에도 우리는 팔다 남은 꽁치를 구워먹으며 소리를 질러댔다.

2014년 오늘, '1994'의 주인공들은 말쑥한 중년의 모습으로 나타난다. 숙명같은 사투리도 거짓말처럼 사라졌다.

푸른 집에는 단정한 표준말에 외국어까지 구사하는 여성 대통령이 입성했고, 아내들은 스마트폰으로 지구 반대편에 출장 가 있는 남편의 안부를 챙길 수 있게 되었다.

세상은 진화했고 편리해졌다. 한번씩, 문득, 가시처럼 목에 걸리는 의문을 빼고는. 이것이 정녕 내가 추구했던 나의 모습일까. 잃은 것은 없을까. 빼앗기거나 놓친 것은 없을까.

청춘일 때는 청춘인 줄도 모르고 허둥대기만 했던 어리석은 사람에게도 이제 2014년은 얼마 남지 않았다. 마지막 남은 달력 한 장이 '아듀'를 고하려 한다.

겨울 맛, 겨울 멋

올 겨울 한반도는 말 그대로 얼어붙었다. 서울의 기온은 영하 16도까지 내려갔고, 철원은 영하 27도까지 곤두박질쳤다. 지구 온난화로 북극의 기온이 10도 정도 오르면서 시베리아의 찬 공기와 눈덩어리가 한반도 쪽으로 밀려온 것이다. 지구 온난화의 아이러니다. 이제 더 이상 눈도 소리 없이 곱게 내리지 않는다. 아예 펑펑 아우성을 치며 나무와 뜰에 수북이 쏟아진다. 추위도 오스스 떨리는 얌전한 추위가 아니다. 손발이 얼어붙고 온 몸이 부르르 떨리는 강추위다.

옛부터 우리나라의 겨울에는 삼한사온三寒四溫이라는 아름다운 말이 있었다. 사흘 동안 춥고 나면 나흘간은 따뜻하게 보낼 수 있다는 뜻이다. 추운 사흘 동안 이 땅의 나쁜 병

균들은 죽고 따뜻한 나흘을 맞아 땅 속의 모든 생명이 봄을 준비하는 시간을 갖는다. 멸균의 시간과 생명의 시간이 몇 번 흐른 뒤 소설小雪, 대설大雪을 거쳐 입춘을 맞는다.

　사람들도 겨울이라고 해서 웅크리고만 있지 않았다. 아이들은 강 위에서 스케이트나 썰매를 타며 놀고, 어른들은 얼음을 깨고 낚시를 즐겼다. 가난한 연인들은 꽁꽁 언 강 위를 손을 잡고 걷기를 좋아하여 이들을 본 경찰은 몇 번이고 주머니 속에서 호각을 만지작거렸다.

　밤에는 주로 새끼를 꼬거나 화롯불에 둘러앉아 이야기꽃을 피웠지만, 농민운동에 몰두한 전봉준 같은 이는 사발통문을 돌리느라 조금 더 바빴다. 세종대왕은 연구에 지쳐 잠들어 있는 집현전 학사에게 용포를 덮어 주었다. 이순신 장군은 큰 칼 옆에 차고 시름에 잠겼으며, 황진이는 깊은 밤 잠 못 들고 임 그리는 시조를 읊었다.

　　　동짓달 기나긴 밤 한 허리를 베어내어
　　　춘풍 이불 아래 서리서리 넣었다가
　　　님 오신 날 밤이어든 굽이굽이 펴리라.

　어쩌면 우리나라는 날씨에 관한한 축복받은 나라일지도

모른다. 지구상에는 일 년 내내 추운 곳이 있는가 하면 덥기만 한 나라도 있다. 반대로 춥지도 덥지도 않는 어정쩡한 나라도 있다.

우리는 어떤가. 봄 여름 가을 겨울 사계절이 뚜렷하여 변화무쌍하지 않은가. 여름은 여름다워 부지런히 과일이 익고 겨울은 겨울답게 온 땅이 동면에 들어간다. 꽃 피는 봄과 잎 지는 가을 또한 그 경계가 선명하여 생성과 소멸의 자연현상을 보여 준다. 음식으로 치면 단맛 쓴맛 신맛 짠맛을 골고루 맛 볼 수 있는 것과도 같다.

겨울의 멋은 역시 겨울 맛 나는 날씨에서 오는 것이 아닐까. 이 겨울이 지나고 따뜻한 봄이 오면 우리는 잠시 지난 겨울을 추억하게 될 지도 모른다. 그해 겨울은 정말 춥고 힘들었노라고. 60년만의 폭설은 대단했었노라고.

지나간다

내 나이 삼십대 후반 무렵, 나는 세월이 흘러 빨리 오십대가 되었으면 좋겠다고 생각했던 적이 있었다. 당시 나는 몸이 열 개라도 모자랄 워킹맘으로서 돈과 시간과 잠 부족에 시달리고 있었다. 돈은 언제나 모자랐고, 살림하랴, 직장 다니랴, 아이들 거두랴 아쉬운 잠과 시간 때문에 눈이 벌겋게 충혈된 채 돌아다녔다.

나는 다목적 배우였다. 딸인 동시에 며느리며, 아내이고 엄마이며, 부하이고 상사였다. 부분인가 하면 전체이고, 주변인가 하면 중심이며, 과거인가 하면 미래이기도 했다.

더러는 멀리 도망치고 싶었던 적도 있었다. 연달아 사나흘 야근하고 집으로 향하는 깊은 밤, 다시 또 집에 가서 감기든 막내, 작은 아이 숙제검사, 큰 아이 기말고사 걱정에 시달릴 것을 생각하면 아득했다.

말을 달려 사하라 사막으로 숨어들고 싶을 때도 많았다. 그런 나에게 '진정한 여자의 미는 삼십대'라느니, '프랑스에서는 여자가 35세가 되려면 47년이나 걸린다'는 말 같은 것은 사치에 불과했다. 나는 자신이 여자로서 한창 나이인 것도 부담스러웠다. 현실은 버거웠고 마음은 늘 조급했다.

퇴직을 하자 비로소 내가 보였다. 자식들이 앞다투어 집을 떠나준 덕에 온전한 나의 마당이 펼쳐진 것이었다. 나의 삶은 깃털처럼 가벼워졌다. 출근할 필요 없으니 잠 떨치고 일어날 일 없고 사지 멀쩡하니 어디든 돌아다닐 수 있다. 의·식·주 해결되니 거리에 나 앉을 일 없거니와 마음 내키면 친구들한테 나물밥도 살 수 있다.

나이 듦도 과히 나쁘지 않다. 젊은 시절 꽃만 보이고 잎은 보이지 않던 것이 나이 듦에 조금씩 보이는 것도 수확이다. 나의 못남이 내 삶의 본질임을 알아챈 것도, 지구의 축이 더 이상 나를 중심으로 돌고 있지 않음을 눈치 챈 것도 나이 듦의 덕분이고 위안이다.

황금, 소금, 지금 중에 '지금'이 최고라는 말이 있다. 영어권에서는 아예 '현재(present)'를 '선물(present)'과 동의어로 쓰기도 한다. 현재야말로 신이 내린 선물이라는 뜻일 터이다.

나는 왜 진작 몰랐을까. 삶의 마디마디가 참으로 귀한 선물이었던 것을. 지나간 시간은 다시 돌아올 수 없는 것을. 죽기 전 엘비스 프레슬리도 노래하지 않았던가. It's now or never! 라고.

시간만큼 공정하고 엄격한 것이 있을까. 다윗 왕의 반지에는 "This too shall pass (이 또한 지나가리라)"라는 문구가 새겨져 있다고 한다. 승리도 패배도, 기쁨도 슬픔도 지나가기 마련이라는 뜻이다.

이 해가 가기 전 묵은 반지에다 다윗의 흉내나 내어 볼까나. 올 한 해도 꼬리를 흔들며 지나가고 있으니.

해맞이

  새해가 되면 언제나 해맞이로 가슴이 설렌다. 하나 밖에 없는 해[太陽]가 해[年]가 바뀐다고 해서 달라질 리도 없거니와 지난 해에 맞은 해가 올 1월 1일이라고 새것으로 교체되는 것도 아닐 것이다. 그러나 매년 새해[新年]가 되면 해맞이로 들뜨게 되는 것은 어쨌거나 '새해이기 때문'일 터이다. 올해는 간절곶 출신 K가 깃대를 들었다.

  한반도에서 해맞이로 가장 인기 있다는 간절곶에 도착했을 때는 이른 새벽이었다. 날씨가 좋았다. 영하의 날씨답게 쨍하니 맑고 찬 기운이 안개 덮인 새벽공기를 가르고 있었다. 일행은 바닷가에 차를 세웠다. 끝이 보이지 않는 망망대해에 어둠이 짙게 깔려 있었다. 만만치 않은 겨울 추위에도 파도는 한가롭게 몸을 뒤채었다. 하늘에는 별들이 가까운 듯 먼 듯 반짝이는데, 출발지부터 따라온 그믐달이 차마 지지 못하고 외롭게 떠 있었다. 잡힐 듯 멀리 보이는 수평선은 수줍게 구름에 가려져 있었다.

"컵라면이나 먹을까. 해 뜨려면 아직 멀었는데."

새벽 바닷가에서 오들오들 떨며 먹는 라면 맛이 일품이라는 H의 제안이었다. 바로 그때였다! 어스름한 새벽이 얼굴을 드러내면서 수평선이 서서히 띠를 두르기 시작했다. 여명이었다. 희미하게 물들어오는 수평선 위의 구름이 나무가 되었다가 짐승이 되었다가 하는 사이 마침내 여명은 무지갯빛을 뿜어냈다. 탄성이 절로 나오는 자연의 조화였다.

여명은 곧 그 빛을 안으로 삼키면서 주위를 붉게 물들여갔다. 어둠 속에서 힘겹게 어제를 밀어내고 오늘을 잉태하고 있는 것이었다. 숨 막히는 고통의 시간이 얼마쯤 흘렀을까. 직전의 화려함을 가라앉힌 수평선이 조금씩 밝아오기 시작했다. 산고를 치르는 어미의 모습이었다. 내 어머니와, 어머니의 어머니의 모습이 저러했으리라. 온 몸으로 하늘을 붉게 물들이면서 오늘을 낳기 위해 자신의 몸을 찢었으리라.

아침이 되자 태양은 더욱 힘차게 솟아올랐다. 눈이 부셨다. 어제의 해가 오늘의 해라는 생각은 잘못이었다. 오늘은 오늘의 해가 새롭게 뜨는 것이었다. 금빛 햇살을 뿌리면서 도도하게 떠오르는 저 해는 무심한 듯 철썩이는 저 바다와 산이 온 힘을 다 해 진통하여 낳은 새로운 해였다.

차를 돌려 집으로 향하면서 우리는 문득 일출 때 소원을 빌지 않았음을 깨달았다. 해변 가를 거닐어 볼 생각도 미처 못했다. 간절곶의 명물인 우체통도 물론 보지 않았다. 우리는 그저 하늘 높이 떠 있는 저 해를 낳기 위해 온 세상이 진통하던 그 순간을 떠올리며 차 안에서 잠시 고개를 숙였다.

은수저의 분배

언제부터인가 '경제 민주화'라는 말이 유행어처럼 퍼지기 시작했다. 경제라는 눈사람에다 민주화라는 모자를 씌우려는 것이다. 기발한 발상이다. 그러나 눈사람은 녹기 쉽고 모자는 날아가기 쉽다. 햇빛과 바람은 어떻게 다스릴 것인가?

친정어머니 살아계실 때 그분은 늘 당신의 기준으로 형편이 나아 보이는 자식 것을 떼어다 부족한 쪽에 채우고 싶어 하셨다. 살림이란 것이 꼭 연봉이나 아파트 평수로만 측정할 것이 아닐 텐데도 은수저 열 벌인 자식을 보면 그중 한 벌을 없는 집 자식에게 갖다 주고 싶어 안달하시는 것이었다. 다른 자식들이 여러 차례 어머니의 부당함을 지적했지만 막무가내였다. 그때의 어머니 반응은 한결같았다.

"너희들도 자식 낳아 길러봐라."

그 말씀은 그대로 사실이 되고 말았다. 나 역시 '은수저의 분배'에서 자유롭지 못했으니!

명절 때 둘째가 선물이라면서 명품 백을 내놓았다. 나는 고맙게 받았으나 순간적으로 첫째한테는 반반한 백 하나도 없는 것을 떠올렸다. 친정어머니가 은수저 열 벌 있는 자식 앞에서 한 벌도 없는 자식 떠올리며 불편한 심기를 드러내는 것과 똑같은 현상이었다.

잠시 후 나타난 첫째가 지갑을 내어놓았다. 지갑은 정말 특이하고 예뻤다. 저한테도 없는 것을 엄마를 위해 무리하게 준비했음을 알 수 있었다. 둘째가 탐이 나는지 만지작거렸다. 나는 문득 나도 모르게 둘째에게,

"애, 너 이 지갑 갖고 저 가방 언니한테 주면 안 될까?"

그때 만일 셋째가 나서지 않았다면 일은 어떻게 되었을까. 셋째는 단호하게 가방과 지갑 모두를 나의 무릎에 던졌다.

"엄마, 자식들 사는 것 다 각각의 몫이야. 억지로 엄마 시스템에 맞추려 들지 마!"

자식들에게 부모의 잣대대로 살아달라는 것은 무리일 것이다. 그러나 또한 부모의 마음이란 것이 잘사는 놈 못사는

놈 제 꼴대로 방치하는 것도 어려운 일이다. 은수저 열 벌인 자식 것 떼어다 없는 자식에게 갖다 주면 민주화가 이루어질까? 형제끼리 똑같이 은수저를 나누어 갖는 것이 경제 민주화일까? 말만 들어도 향기롭고 달콤한 '민주화' 앞에서 우리는 왜 이렇게 혼란스러운지 알다가도 모를 일이다.

굴비

동장군이 기승을 부리는 가운데 설을 쇠었다. 명절 선물로 들어온 굴비를 꺼내 본다. 바닷가에 사는 친척한테서 온 것이다.

굴비를 보면 신유사옥 당시 흑산도로 유배 갔던 손암 정약전 선생이 생각난다. 선생이 어느 날 바닷가를 거닐다 보니 죽은 물고기가 도처에 쌓여 있었다. 보관할 방법을 몰라 썩히고 있는 것이었다. 굶어 죽는 사람이 널려있던 시절이었다. 백성들의 무지를 딱하게 여긴 선생이 나무를 엮어 건조시키는 법을 가르쳐 주었다.

또한 말린 생선을 대궐에 팔 수 있게 주선하여 흑산도는 금세 부자가 되었다. 수라간에서는 겨울철 대비로 말린 생선을 한꺼번에 구입했던 것이다. '힘보다 지혜를 쓰라'는 말이 이를 두고 한 말일 것이다.

　그것은 배열의 지혜가 아닐까. 석탄과 다이아몬드는 분자가 같은 탄소이면서 배열이 다를 뿐이라고 한다. 이는 곧 분자가 같은 탄소라도 배열에 따라 석탄이 되기도 하고 다이아몬드가 되기도 한다는 의미이다. 같은 조기라도 버려두면 썩은 물고기가 되는 것이요, 잘 말려서 상품으로 가꾸면 값 비싼 굴비가 되는 이치이다.

　또 다른 경우도 있다. 손암 선생이 만든 한국 최초의 수산학 연구서가 허름한 주막의 벽지로 사용된 일이다. 선생은 15년 유배생활동안 흑산도 근해의 수산생물을 조사하고 채집하여 총 3권의 《자산어보》를 만들었다. 수산동식물 155종에 대한 각 종류의 명칭, 분포, 형태, 습성 및 이용에 관한 사실을 상세하게 기록한 것이다. 자산玆山은 지금의 흑산黑山이다.

　선생이 숨을 거두었을 때 백성들의 무지는 또 한 번 혀를 차게 했다. 사망소식을 들은 자식들이 황급히 도착한 곳은 흑산도의 허름한 주막이었다. 이름 없는 촌부가 선생의 마지막을 지켰기 때문이었다.

　자식들이 통곡하다가 문득 사방을 둘러보니 벽지에 아버

지의 글씨가 보이는 것이 아닌가. 종이가 귀한 때라 글을 모르는 촌부가 선생이 써놓은 '자산어보'를 찢어 벽을 발랐던 것이다. 늦게나마 자식들이 이를 잘 수습하여 우리나라에서 가장 오래된 어류연구서로 보관한 사실 또한 후손들에게 많은 것을 깨닫게 하는 대목이다. 이 또한 배열의 힘이 아니겠는가.

굴비 몇 마리를 놓고 이런 저런 생각에 잠기다보니 어느새 밖이 어두워져 온다. 저녁때가 된 모양이다. 차디찬 겨울바람이 창문을 두드리고 집 안에도 냉기가 스며든다. 엄동설한에 굴비라니. 예전 같으면 언감생심 꿈도 못 꿀 일이다.

세월이 좋아 오늘날 나 같은 서민까지 이런 호사를 누릴수 있음은 절해고도의 유배지에서도 민초들의 삶을 염려한 조상 덕분이리라. 신문지에 꽁꽁 싸서 신줏단지처럼 보관했다가 겨울 반찬으로 한 마리씩 구워 먹으면 좋을 것이다. 손암 선생이 보시면 빙그레 웃으실라나.

작심삼일

연초年初 세운 다이어트 계획에 전운이 감돈다. 작심삼일
作心三日이 되려나?

새해를 맞아 잠시 귀국한 딸아이가 실내용 자전거를 사
주고 갔다. 한 해 동안 체중을 2kg만 줄여보라는 권고였다.
나는 반색했다. 뉴스 볼 동안만 자전거를 탄다 해도 2kg 감
량은 문제없을 것 같았다. 자전거는 거실 TV 맞은편에 놓
였다.

군에 간 아들이 휴가 나와 자전거를 주목했다.

"좋은데요, 누나가 큰 돈 썼네."

아들은 자전거가 마음에 드는 모양이었다. 제 키와 다리
에 맞춰 이것저것 조작하더니 며칠 동안 TV를 보며 신나게

탔다.

아들이 귀대하자 자전거에 올라 보았다. 무얼 어떻게 조작했는지 발이 페달에 닿지가 않았다. 바퀴도 저 혼자 쏜살같이 돌아갔다. 무심한 아들이 저 좋은 대로 기능을 맞춰놓고는 원상복귀를 안 해둔 탓이었다. 기계치인 나는 이것저것 눌러보다가 내려오고 말았다.

우여곡절 끝에 자전거가 회복되어 운동을 시작했다. 스마트폰으로 딸에게 자전거 타는 모습을 찍어 보내며 몸이 한결 가벼워졌다고 자랑도 했다. 딸도 기분이 좋아져서 이번 다이어트에 성공만 하면 몸에 꼭 맞는 재킷 하나 선물하겠다고 호기를 부렸다.

며칠 안 가 엉덩이 쪽에 작은 뾰두라지가 생겼다. 뾰두라지는 세력을 키우더니 곪을 조짐을 보였다. 물오르기 시작한 자전거 타기에 브레이크가 걸렸다. 땀 닦으려던 수건만 싱겁게 자전거 손잡이에 걸렸다.

뾰두라지가 나을 무렵 이번에는 계단에서 넘어져 팔을 부러뜨리고 말았다. 팔꿈치 골절이었다. 의사는 겨드랑이까지 깁스를 하더니 어깨걸이로 팔을 고정시켜 놓았다. 그 상태로 자전거를 타는 것은 위험했다. 세수할 때나 잠잘 때 푸는 깁스 어깨걸이만 조신하게 자전거 손잡이에 걸렸다.

딸이 영상통화를 걸어왔다. 말도 많고 탈도 많은 전후사정을 듣다가,

"잠깐만요!"

딸은 침을 꼴깍 삼켰다.

"자전거에 걸린 것들은 뭐예요?"

나는 죄인처럼 후드득 놀라 카메라에 비친 자전거를 몸으로 가렸다. 손바닥으로 하늘을 가린 형국이었다. 딸이 사준 자전거에는 운동은 없고 수건에, 어깨걸이에, 입다 만 스웨터까지 주렁주렁 걸려 있었다. 작심삼일 조짐을 보이는 다이어트의 전리품들이 '오등吾等은 옷걸이임을 선언하노라'고 팔 벌려 외치고 있는 것 같았다.

낮잠 든 사이

2월이 유난히 짧게 느껴지는 것은 나만의 일은 아닐 터이다. 우리네 인생이 얼마나 복잡다단한지는 달력을 보면 알 수 있다.

나는 유명인사도 아니고 일 만들기 좋아하는 사람도 아니건만 메모 칸이 빌 때가 좀체 없다. 슬퍼할 일과 축하할 일이 씨줄날줄로 얽혀 있는데다 그저께는 가족 여행으로 남해까지 다녀왔다. 겹친 일정으로 피곤했던지 오늘은 소파에서 스르르 잠이 들고 말았다. 낮잠이 든 것이다.

얼마나 잤을까. 햇볕이 눈 부서서 잠에서 깨어났다. 시계를 보니 오후 2시. 밖은 바람이 부는지 행인들이 걸음을 재촉하는데 정남향의 거실에는 햇볕이 따스하다. 잠은 깼으

되, 기지개만 켠 채로 소파에 한참 누워 있었다. 햇볕과 나른함을 놓치고 싶지 않았다.

재미삼아 나의 행복을 챙겨볼 때가 있다. 보기에 따라서는 하찮은 것일 수도 있겠지만 어느 때나 뜨겁게 샤워할 수 있는 것, 내가 사랑하고 나를 사랑하는 가족이 있는 것, 언제라도 술 같이 마실 친구들이 있는 것 등이다. 이제는 햇볕 또한 여기에 포함시켜야 하지 않을까.

문득 작은 움직임이 느껴져 베란다로 눈길을 돌렸다. 군자란 한 송이가 지금 마악 피어 올라오고 있다. 아침까지만 해도 입 다문 봉오리였다. 바로 지금, 그러니까 내가 소파에서 낮잠 든 사이 부지런히 날갯짓을 시작한 모양이었다.

나는 후딱 자리에서 일어나 화초들 앞에 앉았다. 아파트의 화초에게는 시간이 입력되어 있지 않은 것일까. 밤에만 꽃이 피는 야래향은 나뭇잎을 떨구기 시작했는데, 아이비나 스킨다부스는 기름이 돌면서 새 잎이 돋는다. 앙증맞은 강아지풀은 줄기부터 말라 들어가고 있는데, 철없는 영산홍은 의기양양하게 꽃망울을 터뜨리고 있다. 나는 잠깐 이 모든 생성과 소멸에 슬픔을 느꼈다. 무겁지 않은, 가볍고 달콤한 슬픔이다.

T.V는 뭘 하나. 버튼을 눌렀다. 일본인 맹인 청년이 피아

노를 치고 있다. 노부유끼 쓰지이다! 국제피아노 콩쿠르 최초의 맹인 우승자가 탄생했다는 소식이다.

나는 입을 반쯤 벌린 채 빨려들 듯이 화면을 응시한다. 연주를 마친 노부유끼가 엉거주춤 일어난다. 관객을 향해 정중하게 인사를 한다. 그는 태어날 때부터 앞을 보지 못했다. 만약에 눈을 뜬다면 무엇이 제일 보고 싶으냐고 사회자가 묻는다. 부모님, 친구들, 별, 바다, 그리고 불꽃놀이라고 대답한다.

여기저기에서 눈물을 닦는 관객들의 모습이 보인다. 나도 휴지를 뽑아 코를 푼다. 세상에나! 이 모든 아름다운 일들이 축복처럼 지구 한 쪽에서 일어났다. 내가 잠든 사이에.

2,200년 전

세계 최대의 땅 덩어리와 인구를 자랑하는 중국의 시황제는 사사여생事死如生을 꿈꾸었던 모양이다. 2,200년 전 겨우 열세 살에 왕좌에 올랐을 때부터 그는 자신의 무덤을 준비하기 시작했다. 고분 안에 거대한 지하 궁궐을 건설하여 살아생전 황실 근위대의 모습을 그대로 재현했다.

앞줄에는 측면을 보호하는 궁수들과 함께 전투대열로 서 있는 보병대와 기병대의 병사 천여 명을 배치했다. 중간에는 병사 천오백여 명과 수레 및 말을, 맨 뒤에는 고관들과 궁인들 수천 명을 도열시켰다. 대부분 실물크기의 진흙으로 만들었으나 생매장한 경우도 적지 않았다. 왕릉 건축에 관련된 사람들은 기밀 유출을 우려하여 매장 직후 능 안의 모든 문을 걸어 잠가 그 안에서 생죽음을 시켰다.

2,200년 후, 비밀은 예기치 못한 곳에서 터졌다. 옥수수 밭에서 우물을 파던 한 농부가 실물 크기의 병사도용이 있는 갱坑을 발견한 것이었다. 2,200년 동안 긴 잠을 자던 진시황의 병마대군이 땅 위로 치솟는 순간이었다. 세계 각국의 지도자들이 다투어 참관했고, 전 프랑스 대통령 시라크는 '피라미드를 보지 못했다면 이집트를 여행한 것이 아니고, 병마용을 보지 않았다면 중국을 여행한 것이 아니다'라고 감탄했다. 현존하는 세계 7대 불가사의는 8대 불가사의가 되었다.

진시황은 쉰 살에 세상을 떴다. 그의 사후 2,200년 동안 땅 속에 묻혀있던 지하 궁궐에서는 8,000여 개의 병마용이 발굴되었다. 후손들은 공자에 이어 지구상 전무후무의 관광상품을 유산으로 얻어 흥분했다. 경제 부처에서는 상품 가치를 추정하기에 분주했고, 관광회사에서는 홍보 자료 제작에 밤을 밝혔다. 옥수수 밭에서 우물을 파던 농부는 어떻게 되었을까? 그는 병마용갱의 발견으로 일약 스타가 되었다.

지금도 그는 홍보 서적을 사러 온 관광객들에게 사인을 해 주느라 몹시 바빴다. 내가 기웃거리자 재빨리 한국어로 된 책을 권하는 센스도 보였다.

"쎄쎄!"

지갑을 열려하자 책 앞장에 얼른 자신의 이름과 날짜를 써 주었다. 책을 받으려는 순간 남자의 눈은 어느새 일본 관광그룹으로 향하고 있었다. 바로 그 때 번개처럼 스치는 생각, 그가 만일 2,200년 전에 왕릉 근처에서 우물을 파다 들켰다면? 당시 약 70여만 명이 동원되었다는 지하 왕릉 건설에 노예나 죄수로 끌려갔다면? 떠날 시간이 되었는지 일행이 옷자락을 당겼다.

존재미학과 철학적 사유

- 박기옥의 수필집 《커피 칸타타》에서 구현된

한상렬 | 문학평론가

1. 프롤로그 - 맹목盲目의 늪을 건너다

나에게 있어 수필은 '맹목의 늪'이다. 담론적인 늪의 의미는 '땅이 우묵하게 파이고 늘 물이 괴인 곳'이다. 이는 '고여 있음' 이다. 그러나 또 다른 늪의 해석은 '더러운 물질을 깨끗하게 걸러주고 좋은 환경을 만들어 주는 곳, 이끼 속에 숨어 사는 작은 벌레 뿐 아니라 지금은 사라지고 없는 원시생물까지도 기꺼이 품어 살려 놓는 움직임'이라고, 작가는 그의 문학적 자전 〈수필, 그 맹목의 늪〉에서 말하고 있다. 그래, 수필 작가 박기옥은 수필을 통해 인간 내면의 자정적 능력, 생명의 부활을 노래하고 있다. 자신의 문학이 맹목에서 발아하였음을 토로하는 작가 박기옥이 다시금 자신의 존재감을 불러 일으켰으니, 바로 수필집 《커피 칸타타》이다.

태생적으로 활자중독자였던 그는 아호 소진小珍에서 보듯 '아담하고 곱고 작으며' 내면에는 빛나는 예지와 냉철한 지성, 그리고 향기 묻어나는 감성'을 지닌 작가임에 틀림이 없다. 자연스레 그의 수필쓰기는 '행복'이란 언어적 기의에 귀결된다. 하여 그의 언표장에는 '내 마음의 흐름과 온도를 조절하는' 수필이라는 늪 하나가 있어 행복한 작가이다.

"가슴 속 용암이 시도 때도 없이 끓어올라서 하루도 컴퓨터 앞에 앉지 않고는 배겨낼 재간이 없었다. 나는 쓰고 또 썼다. 밤에도 쓰고 낮에도 썼다. 자다가도 쓰고 쓰다가도 잤다. 밥을 먹듯이 쓰고 잠을 자듯이 썼다. 등단 3년 만에 첫 수필집 《아무도 모른다》가 출간되었을 때 비로소 나는 편안했고 행복했다."는 그의 고백은 소박하지만 진지하고 열정적인 작가정신을 읽게 한다. 그리하여 그는 그저 작가가 아니다. 수필을 향한 장인정신이 그의 글 전편에 깔려 있다. 독자의 입장에선 감동이요, 감화의 계기가 된다.

자전적 고백에서 밝혔듯, 그는 우리 수필문단에 비교적 뒤늦게 합류한 늦깎이 작가이다. 대구에서 태어나, 효성여자대학교 불문과를 거쳐 계명대학교 대학원 한국학과를 나와, 2008년에 이르러 문단에 데뷔하였다. 첫 수필집 《아무도 모른다》를 상재한 그는 지금 대구대학교 사회교육원에서 수필창작을 지도하고 있기도 하다. 그런 그가 이제 또 하나의 맹목의 늪을 세상에 내

놓게 되었으니, 대구매일신문 〈에세이 산책〉에 2년 동안 발표하였던 60편의 작품을 묶은 박기옥의 성채城砦, 바로 《커피 칸타타》이다.

이 책의 내용은 전4부로 편성되어 있다. 형식으로 보아 제1부는 〈눈 맞춤〉, 2부는 〈안과 밖〉, 3부 〈커피 칸타타〉, 제4부 〈지나간다〉로, 이들 모두는 단형수필에 해당한다. 이 작품들은 '에세이 산책'이란 기표에서 보여주듯, 이른바 신문지면에 낙수落穗라는 말로 발표되는 짧은 수필들의 묶음이다. 곧 작가가 일상에서 체험한 소소한 사태나, 삶의 단면에 포커스를 맞춘 내용들로 구성되어 있다.

이들 단형수필은 최근 우리 수필문단에 실험적 수필쓰기인 '아포리즘 수필'과 동일 맥락에서 파악된다. 하지만 아포리즘 수필이 보여주듯 장르상의 걸림인 주제구현의 문제나 참신성 또는 구성의 문제와는 일정한 거리를 유지하고 있다. 또한 최근 독서계에 '마음사전'이라는 '제4의 에세이'라 자칭하는 시인들의 명상집의 경우와도 대비된다. 이런 관점에서 박기옥의 단형수필들은 보다 진취적인 의미를 지니고 있다고 판단된다.

스위스의 소설가 알랭 드 보통의 연애소설 《우리는 사랑인가》에는 주인공 엘리스가 등장한다. 그는 남녀가 사랑에 빠지고 헤어지는 과정을 수술을 집도하는 외과의처럼 섬세하게 묘사하고 있다. 한 마디로, 그것은 '무의미한 것들의 유의미화'일 것이다.

이는 고정관념을 과감히 깨뜨리는 변화가 아닐 수 없다. 이런 관점에서 박기옥의 수필집 《커피 칸타타》는 존재미학과 소통의 변주와 함께 철학적 사유인 코기토cogito, 이른바 미로 찾기의 정신적 거리감을 느끼게 한다.

2. 존재미학과 소통의 변주

문학의 생명이 감동에 있다고 할 때 한 편의 수필에는 우리의 가슴을 때리며 울리는 울림이 있어야 할 것이다. 이는 문학성의 본질과 등거리에 놓인다. 그렇기에 한 편의 수필은 이른바 무한 지속의 감각을 지녀야 한다. 감동이 크면 클수록 독자는 그것을 잊지 못한다.

작가 박기옥에게 있어 문학과의 만남은 운명이다. 그런데 그 운명은 화자의 언술과 같이 맹목에서 발아한다. 문학은 그에게 있어 행복과의 만남이요, 자아실현의 매체였다.

그런 그에게 눈 맞춤의 아픈 기억이 있다. 〈눈 맞춤〉은 화자에게 있어 맹목의 회상이다. 맹목이란 글자 그대로 앞뒤를 가리거나 사물을 판단할 능력이 없는 상태를 의미한다. 회상의 시간은 초등학교 3학년, 공간은 철봉 앞에서다.

> "너 우리 엄마 기생이라고 했다며?"
> "기생? 너희 엄마 기생이야?"
> 민수는 더 이상 설명하지 않았다. 주먹으로 나의 얼굴을 힘껏

갈겼다. 나는 코피를 흘리며 쓰러졌고, 아이들이 우리를 에워싸는 것이 보였다.

며칠 후, 담임선생님은 민수의 서울 전학을 알렸다. 철봉 사건 이후 내내 결석하다가 반 친구들에게 작별 인사를 하러 온 것이었다.

-〈눈 맞춤〉에서

두 사람 사이의 대화의 단절은 소통의 부재에서 기인한다. 단순한 사건이 화자에게는 그저 단순함이 아니다. 유년의 아픔, 이후 그에게는 이 일이 정신적 외상으로 작용한다. 어른이 되어 외국인으로부터 눈 맞춤에 관한 질문을 받고는 "너한테 제일 창피했어."라고, 어렵게 뱉았던 민수의 마지막 말이 아직도 가슴에 남아 있음을 깨닫는다.

가볍지만은 않은 언술에 담긴 기표의 의미가 존재미학과 통섭하고 있다. 그렇기에 결미의 "엄마가 기생이었든 아니었든 아이들한테 무슨 상관이 있었으랴. 그러나 민수에게는 그것이 씻을 수 없는 수치요, 상처였던 모양이었다. 나 또한 아픔이었음을 그 아이는 알까."라는 의미가 체득된다.

상투적인 소재나 반응에 의존하는 작품은 워렌Warren의 비유처럼 썰매를 타고 미끄러지는 것이나 공중낙하와 비슷한 것이던가. 이는 일견 언어의 무임승차일 것이다. 박기옥의 언술은 그야말로 지그문트 프로이트Sigmund Freud의 설익은 타나토스 충동에 기저를 둔 음울한 시대의 포즈를 넘어 한 시대를 읽어내는 미더

운 측후법測候法일 것이다.

그의 수필은 이런 존재미학이 행간에 깔려있다. 그 비법은 바로 소통의 변주에 있을 것이다. 서두와 결미의 조응 그리고 두 개의 에피소드가 절묘하게 직조된 구성은, 그의 수필이 스토리텔링에서 벗어나 플롯텔링을 지향하고 있음을 보게 한다. 일상의 단면을 낯설게 하면서 주제구현에 성공한 작품이다.

〈커피 칸타타〉를 보자.

　　내 이럴 줄 알았다. 집에서 새는 바가지가 밖에선들 무사하랴. 이번에는 커피다. 데이트 나갔던 딸아이가 찬바람을 일으키며 제 방으로 쌩 들어간다.

-〈커피 칸타타〉에서

로 서두가 열린다. 소통의 부재 현장이다.

맞선을 보러 나갔던 딸아이와 관련된 화제다. 커피가 문제였다. 엄마 등쌀에 세 번이나 만났는데 만날 때마다 자판기 커피만 권하더라는 것이다. 커피 선호와 관련된 남자와 여자의 차이. 남자는 '식사비에 버금가는 커피는 사치라는 주장'을 했다 한다.

딸아이에게는 그게 마뜩지 않았다. 딸은 커피를 음식 값과 비교하는 남자가 불편했고, 남자는 여자의 커피 선호가 거북했던 모양이다. 난감한 일이다. 화성 남자와 금성 여자가 만난 건가. 이런 인식의 차이가 소통부재를 낳게 한 빌미였다.

이쯤에서 화자는 젊은 날, 다방에서 오붓한 자리를 마련한 남자와의 만남을 예화로 들고 있다. 오후 시각, 남자는 커피에 계란 노른자를 띄워주는 '특커피'를 시켰다고 한다.

> 여자에게 비싸고 좋은 것을 사 주고 싶었는지도 몰랐다. 그러나 나는 평소에도 날계란이 싫었다. 비릿한 맛이 커피에 섞이는 건 더욱 싫었다. 커피 한 잔에서조차 영양가를 따지는 남자도 재미없었다. 그뿐인가. 남자는 스푼으로 노른자를 깨뜨리더니 커피를 홀홀 젓는 것이 아닌가.
>
> -〈커피 칸타타〉에서

기막힌 소통부재가 사뭇 해학적이다.

여기서 딸아이와의 소통부재는 바로 우리들 이야기가 된다. 인식의 차이에서 오는 존재의 문제를 작가는 이 수필에서 해학과 기지를 통해 적절히 비벼냄으로써 수필의 맛을 맛깔스럽게 하고 있다. 절정은 이어지는 공간에서다.

> 딸아이가 제 방에서 비디오의 볼륨을 높인다. 하필이면 바흐의 〈커피 칸타타〉다. 영주領主의 딸이 시집은 안가고 커피 마시는 데만 정신이 팔려 있다. 영주가 단단히 화가 났다.
>
> -〈커피 칸타타〉에서

는 절묘한 사유가 해학과 페이소스를 느끼게 한다.

이윽고 화자는 쟁반 위에 에스프레소 두 잔을 준비했다. 그리곤 아이와 눈을 맞춘다. 갈등의 해소는 이쯤에서다.

"에스프레소를 한 모금 마신 딸이 얼굴을 찡그린다. 바로 이 때다! 주먹을 들어 딸의 머리를 힘껏 쥐어박는다.

"인생이 본디 쓰디 쓴 거다. 아무려면 남자가 커피보다 못할까."

-〈커피 칸타타〉에서

라는 결미가 한순간에 긴장과 갈등을 날려버리고 화해의 단초를 제공한다. 화자의 소통은 이런 변주를 통해 이 작품에서 존재미학을 보여준다.

〈단추〉 역시 같은 맥락에서 파악된다. 발단은 야유회 길에 바지 단추가 떨어진 데서다.

다행히 단추는 손에 쥐었으나 실과 바늘이 없었다. 준비된 옷 핀도 없었다. 오래된 바지라 지퍼마저 신통치 않아 여차하면 발목까지 내려올 판국이었다. 손으로 간신히 허리춤을 움켜잡고 화장실을 나와 사방을 둘러보았다. 도움을 청할 일행을 찾았으나 마땅치 않았다.

-〈단추〉에서

고 했다. 이어 전개되는 상황이 점차 화자로 하여금 긴박하게 한다. 부실한 지퍼까지 자리에 앉는 순간 열려버렸기 때문이다. 그는 이제 엉덩이조차 들 수 없는 몸이 되었다. 그런 그에게 건배하는 순간은 기막힌 기회였다. 절박한 상황을 모면하기 위한 그의 수습책이 안쓰럽다. 실과 바늘을 사들고 화자는 화장실로 돌진했다. 그런데 아뿔싸, 회장부인이 뒤따라와 "불편하신가 해서 뒤따라 왔어요. 괜찮으세요?" 라고 물었다. 이쯤 되면 다정만 병이 아니다. 친절도 병이다. '단추를 달고 나오니 세상이 달라보였다. 나는 마치 머리에 왕관이라도 쓴 사람처럼 당당하게 허리를 곧추 세웠다. 벤치에서 회장이 팔을 흔드는 것이 보였다.' 라는 결미의 언술이 해학적이다. 이 수필의 생명과도 같은 본질 찾기에 닿아 있다. 정서의 사상화이다. 밀도 있는 구성과 함께 일상을 뛰어넘는 주제구현에 성공한 작품으로, 언어를 통한 존재미학과 함께 소통의 변주를 보여준다.

3. 미로 찾기

아르헨티나의 작가 보르헤스의 작품에는 미로 찾기의 모티브가 수도 없이 등장한다. 이런 상상력은 에코Echo로 하여금《장미의 이름》과 같이 도서관을 미로로 형상화하게 했다. 여기 미로 찾기는 일종의 암호를 푸는 일과도 흡사하다.

미로 찾기는 사물의 본질 찾기다. 이는 숨은 그림 찾기와 흡사하다. 비트겐슈타인의《철학적 탐구》에 동감했던 나우만은 단어와 철자의 교환과 조합, 동음이의어에 의해 예기치 않은 문구들을 만들어내어 우리들이 지나치기 쉬운 단어들에 주의를 환기시키고, 그 임의성에 주목하게 하였다.

단형수필에서는 이런 미로 찾기가 쉽지 않다. 사유와 상상보다는 단편적인 담론에 치중하기 쉬워서다. 그러므로 짧은 형태의 담론이더라도 그 안에 사물의 본질을 찾으려는 존재 사태에 대한 코기토, 즉 사유의 세계가 담겨야 한다. 그런 의미에서 박기옥의 단형수필은 일상 속에서 미로 찾기 즉 본질을 찾고자 하는 작가의 혜안을 볼 수 있다. 이 점에서 그의 수필은 돋보인다.

〈숨은 그림 찾기〉는 이런 경향성을 엿보게 한다.

"우리가 흔히 '진실'이라고 하는 것은 있는 것일까. 없는 것일까. '진실은 연착延着하는 열차'라는 말이 있다. 늦기는 해도 언젠가는 도착한다는 뜻이리라. 그렇다면 진실은 얼마나 멀리 있는 것일까." 그는 진실은 연착하는 열차라고 선언하고 있다. 이는 진실이란 연착하지만, 분명히 언제고 도착한다고 믿고 있다. 과연 이런 화자의 언명은 진실일까? 그 답은 미로 찾기에 해당한다. 사물의 외연이 아니라, 내적 감각으로 수용할 수 있는 본질 찾기를 통해서만 사물의 진실은 우리와 소통하게 된다.

"전직 대통령의 2007년 남북회담 대화록 원본이 감쪽같이 사라진 것"을 화소로 하여 이 수필은 미로 찾기를 시작하고 있다.

답을 쥔 전직 대통령은 세상을 뜨고 없다. 남은 사람들끼리 이해관계에 따라 목청을 높이더니 결론은 "없다"와 "못 찾았다"로 나왔다. "없다"는 없는 것인 줄 알겠는데 "못 찾았다"는 무슨 뜻일까. "있기는 분명 있는데 찾을 수가 없었다"는 뜻이라면 그토록 훌륭한 분들도 못 찾는 대화록을 어떻게 해야 한다는 것일까.
솔로몬 대왕을 모셔 와야 하나. 함무라비 법전에 물어 봐야 하나.

-〈숨은 그림 찾기〉에서

  사물의 본질은 곧장 드러나지 아니한다. 숨은 그림 찾기가 그
리 쉽지 않듯, 사물의 본질은 베일에 가려 있다. 그래, 혜안을 지
닌 사람의 눈에만 보이기 마련이다. "있기는 분명 있는데 찾을
수가 없었다."라는 애매모호함이 우리로 하여금 숨은 그림을 찾
듯 미로 찾기에 빠지게 한다. 작가는 아이를 대상으로 신문광고
란에서 숨은 그림을 찾게 했던 기억을 삽화처럼 끼워 넣고 있다.
미로 찾기를 위한 복선적 장치일 것이다. "내가 바로 눈앞의 큰
그림을 손으로 짚으면 아이는 약이 올라 씩씩거린다. 속았다는
느낌이 드는 것이다." 이 수필의 묘미는 바로 여기에 있다. 화자
의 언술은 이쯤에서 절정으로 치닫는다. 이 수필의 키워드는 "없
다"와 "못 찾았다" 사이에 있다. 이 애매성이 바로 미로 찾기의
핵심일 것이다.

  "없다"는 쪽이나 "못 찾았다"는 쪽의 공통점은 "안 보인다"는
것이다. 왜 안 보일까. 사본이 있으니 원본이 없다는 것은 논리
에 맞지 않다. 원본이 있었기에 사본이 있는 것이다. 그렇다면
누군가가 거짓말을 하고 있는 것이 분명하다. 거짓말. 그것이 정
치인에게 얼마나 치명적인 독이 되는지 아직도 모르는 것일까.

-〈숨은 그림 찾기〉에서

"없다"와 "못 찾았다"의 공통점은 "안 보인다"이다. 그 이유가 어디에 있을까. 그렇다. "누군가 거짓말을 하고 있는 것이 분명하다."는 유추는 미로 찾기의 결말일 것이다. "나는 생각한다. 고로 나는 존재한다."는 코기토 즉 작가의 사유의 결과일 것이다. 이렇듯 박기옥의 수필은 일상을 소재로 하면서도 짧은 행간에 담긴 심원한 사유의 세계를 음미하게 한다.

이번에는 〈안과 밖〉을 보자.

"세상을 뜨겁게 달군 고위 공직자의 혼외婚外 아들 사건을 보면서 드는 생각은 우리네 삶이 드라마보다 훨씬 드라마틱하다는 것이었다. 정치, 권력, 사랑, 불륜, 권모술수가 비빔밥처럼 골고루 배합되어 있지 않은가."라는 서두로 시작된 수필 〈안과 밖〉 역시 미로 찾기에 흡사하다.

이 수필은 젊은 날 그가 살던 아파트 아래층 멋쟁이 여인과의 에피소드에 접속하고 있다. 그녀와 동갑인 화자. 사십 초반에 첫 아들을 둔 그녀에 비해 화자는 그의 입을 빌리자면, 이미 아이 넷을 낳은 '한심한 여자'였다. 이유식으로 인해 관계맺음으로부터 이어지는 내용은 화자와 대비되는 '특별한' 여자의 특별한 삶이었다. "나는 그녀의 수입품 이유식과 슬라이스 치즈를 부러워했다."는 언술에는 그녀에 대한 부러움의 감정이 배어있다. 하지만 이 정도로는 설득력이 약하다. 문제는 다음 단락의 행간에 담긴 이질적 상황이 주는 갈등의 빌미에 있다.

그녀는 홈웨어 같기도 하고 파티 드레스 같기도 한 아름다운 옷을 입고 아들에게 이유식을 먹이곤 했다. 어쩌다 내가 만든 이유식을 조금 덜어 가져가면 진심으로 고마워하며 마지막 한 톨까지 알뜰하게 먹였다.

그녀는 결혼 전 언론사의 미국 특파원이었다고 했다. 어쩌다 차 한 잔 하자는 전화를 받고 아래층으로 내려가면 우아한 모습으로 AFKN 뉴스를 보고 있었다.

한 번은 커피원두를 금방 갈았다면서 전화가 와서 내려갔더니 미국 드라마를 보는 중이었다. 나는 거기서 나오는 현란한 영어를 접하면서 학교 다닐 때 영어공부에 등한했던 자신이 부끄러웠다.

-〈안과 밖〉에서

이는 여인을 둘러싼 외연적 상황이다. 화자로선 그런 그녀가 부러울 밖에 없다. 내면보다는 외면의 스펙specification을 중시하는 사회적 경향이 자연 화자로 하여금 정서적 괴리감을 느끼게 하였을지도 모른다. 미로 찾기는 여기서 출발한다. 사물의 본질은 외연에 있는 게 아니었다. 존재 사태에 대한 코기토 즉 사유의 끝에 사태의 전복顚覆이 이어진다.

해답은 얼마 후 나타났다. 드라마보다 더 드라마틱한 일이 그녀에게 일어난 것이었다. 아래층에서 고함소리, 기물 부수는 소리가 나서 내려가 보니 본처 식구들이 떼로 몰려 와 그녀의 머리 끄덩이를 잡아끌고 있었다. 난리도 그런 난리가 없었다. 욕설과 비명에 섞여 아이는 자지러지게 울어대고….

-〈안과 밖〉에서

외연의 세계가 깡그리 무너져 내리는 존재사태의 전환이 주제 의미화를 향하고 있다. 화자의 언술은 이쯤 하여, 통상적 기의 signifikat 대신에 확장되고 변형된 다른 기의가 결합된다. 이는 마투라나Maturana가 《인식의 나무》에서 색그림자로 설명한 바 있듯, '우리들의 시계視界'의 차이일 것이다. 외연과 내면의 차이, '안과 밖'의 세계의 진실에 대한 규명은 마치 미로 찾기에 흡사하다. 그 후 아파트에서 사라진 그녀를 다시금 볼 수 없었다는 화자의 페이소스pathos는 불륜의 뉴스에 오버랩되어 비로소 출구를 찾게 한다. "얼굴은 풍경이다."라고 했듯, 이렇게 좋은 수필은 새로운 각도와 시선이 필요할 일이겠다. 수필이 이러할 때, 시각의 차이에서 오는 의미의 다양성을 추구하게 될 것이다.

4. 코기토cogito, 철학적 사유

수필문학의 통섭적 사고를 위해서는 인문학적 성찰을 근간으로 출발한다. 인문학적 성찰은 어떻게 이루어지는가? 이에 대한 명쾌한 답변은 어렵겠지만 파스칼이 "인간은 생각하는 동물이다."라 했듯, 데카르트는 그의 저서 《방법서설》에서 "나는 생각한다. 고로 나는 존재한다."(cogito, ergo sum)라고 하였다. 이런 존재론적 사고는 소통의 담론과 직결되게 된다. 이런 의미에서 현상학자인 메를로 퐁티Maurice Merleau Ponty는 '몸엣 반성'이라는 말을 하였다. 그만큼 복합 다층적이라는 말이겠다. 이렇게 다층적

일수록 다양한 의미와 효과를 일구어 낼 수 있고, 또 그런 만큼 인생을 더 풍부하게 향유할 수 있을 것이다.

　수필 〈지나간다〉는 존재에의 통찰이 보인다. 자전적인 회상의 장면들이 시시각각 하나의 영상이 되어 스쳐지나간다. 삼십대 후반 무렵, 누구에게나 그렇듯 현실은 그리 만만치 않다. "몸이 열 개라도 모자랄 워킹맘으로서 돈과 시간과 잠 부족에 시달리고 있었다."라는 화자의 고백이야말로 존재 파악의 진지함이 행간에 깔려 있다.

　"나는 세월이 빨리 흘러 오십대가 되었으면 좋겠다고 생각했던" 화자, 그는 다목적 배우였다. "딸인 동시에 며느리며, 아내이고 엄마이며, 부하이고 상사였다. 부분인가 하면 전체이고, 주변인가 하면 중심이며, 과거인가 하면 미래이기도 했다."는 고백이 독자에겐 동병상련일 수 있으며, 자신의 존재를 통찰하는 계기가 된다. 프롬에 의하면, 자기의 욕망을 충족시키려는 자들에게 있어서 '나'라는 존재는 '내가 생각하는 것'이 아니라 '내가 갖고 있는 것'이라 하였다. 코기토cogito, 즉 철학적 사유일 것이다. 퇴직과 더불어 "비로소 내가 보였다."는 화자의 언술에 담긴 존재의 확인이 '깃털처럼 가볍게' 한다. 나이 듦의 각성은 삶의 본질 찾기와 이어진다. 그래, 과거란 단순히 '지나가 버린 것'이나 '이미 존재하지 않는 것'이 아니라, 매순간 현전하고 영향을 미치며 현재를 구성하는 요소가 된다. 이런 인간의 시간에 대한 통찰을 가졌던 아우구스티누스의 언명과 같이 시간이란 "총체적

통합체이며, 직관과 기대로 존재하는 심리적"인 것으로 파악하였다.

삶의 마디마디에 대한 새로운 눈뜸이요, 존재의 통찰이다. 무의미에 의미주기, 그러므로 인간은 시간 속에서 존재한다는 게 철학의 전언이다. 그래 '인간의 시간' 안에서만 인간은 자신의 존재를 발견할 수도 확인할 수도 있다. 화자는 퇴직을 하면서 비로소 자신이 모습이 보였다. 존재의 자각이다.

> 나이 듦도 과히 나쁘지 않다. 젊은 시절 꽃만 보이고 잎은 보이지 않던 것이 나이 듦에 조금씩 보이는 것도 수확이다. 나의 못남이 내 삶의 본질임을 알아챈 것도, 지구의 축이 더 이상 나를 중심으로 돌고 있지 않음을 눈치 챈 것도 나이 듦의 덕분이고 위안이다.
>
> - 〈지나간다〉에서

라는 화자의 고백이 설득력을 지닌다. 이렇게 박기옥의 수필은 촌철살인하는 메시지를 독자에게 전달함으로써 수필문학의 지향인 '인간학'이라는 존재 각성에 닿아있다.

〈을乙의 반란〉은 희화적이다. "재수 옴 붙은 날이다. 대단치도 않은 계단에서 발을 헛디뎌 넘어지고 말았다. 왼쪽 팔꿈치 골절상이었다."는 단서는 이 수필을 희화화하면서도 코기토cogito, 철학적 사유를 감지하게 한다. 화자의 입장에선 '오른쪽과 왼쪽은 갑과 을의 관계'였다. 그런데 대단치도 않은 계단에서 발을 헛디뎌 왼팔에 골절상을 당한 것이다. 오른손잡이인 그에게 왼팔은 을이다. 그런데 그 을이 반란을 일으킨 것이다.

　　이상했다. 나는 태어날 때부터 오른손잡이인데 그깟 왼팔 좀 다쳤다고 이렇게까지 불편할까? 왼팔을 나무토막처럼 고정시켜 놓고 보니 한 쪽으로만 할 수 있는 일은 거의 없었다. 샤워는 물론이요 머리조차 감을 수가 없었다. 약병 뚜껑도 한 손으로는 열 수 없었다. 물을 붓다가도 컵을 엎지르고 밥을 먹다가도 밥공기를 떨어뜨렸다.
　　한 번은 국을 푸다 국자를 놓쳐 다리에 미역 몇 잎이 붙었는데 한 김 나간 국이 아니었으면 화상을 입을 뻔했다. 왼팔의 유고有故로 오른팔까지 패닉 상태에 빠진 것이었다.

-〈을乙의 반란〉에서

이 수필은 고정관념을 해체하고 있다. 고전적 문법에서 경계를 무너뜨린 코기토, 존재의 사유가 독자를 낯설게 한다. 기존의 관념을 깡그리 무너뜨리는 전환적 사고가 생경하지만, 참신한 사고를 일으킨다. 인문학적 성찰이다. 왼팔의 유고는 오른팔까지 패닉 상태에 이르게 한다. 모든 일을 오른 팔이 도맡아 할 줄 알았건만 그게 아니었다. 고정관념의 해체와 역행성이 해학을 동반하지만 존재의 깊은 사유를 불러온다.

"깁스 푸는 날, 왼팔은 90도 각도에서 더 이상 펴지지 않았다.

그동안 뼈의 활동이 제한되었기 때문이었다. 의사는 오른팔이 왼팔을 부지런히 재활운동시켜야 한다고 말했다. 방치하거나 소홀하면 뼈가 그대로 굳어 일평생 장애로 남을 수도 있다고 경고했다." 생각해 보라. 오른팔이 왼팔을 부지런히 재활운동시켜야 한다는 역행성은 통상적 사고를 벗어난 존재에의 통찰이다. 이런 역행성이 이 수필을 읽게 하는 마력과도 같은 힘일 것이다. 이를 어찌 반란이라 하랴. "갑질해 온 오른팔은 지금의 사태를 어떻게 인식했는지 궁금했다. 곁눈질로 살짝 눈치를 보았다."는 대목에 이르면 정서의 지성화를 엿보게 한다.

우리는 지금 변혁의 시대에 살고 있다. 이는 고전문법에 익숙한 수필 작가들에게도 변화를 주문한다. 패러다임의 변화다. 그러므로 아날로그에서 디지털시대로의 변화는 작가에게 무한한 상상력과 감수성을 요구한다. 때문에 오늘의 작가에게는 모름지기 세계를 새롭게 인식하려는 노력을 필요로 한다. 수필문학이 타 장르에 비하여 지나치게 일상화되어 있다는 사실은 그만큼 독자에게 감동을 주기 어렵다는 데에 있을 것이다. 시적이면서도 재미있는 담론의 구조를 지니고 있으며, 반전의 묘미나 비평적 감수성을 지니고 있어야 한다는 요구는 수필문학이 가야 할 탈장르적 길과 다름이 없을 것이다. 박기옥의 수필은 바로 이런 지평에서 해석된다. 시대변화에 민감한 작가정신이 그의 수필을 새롭게 읽게 한다. 코기토, 철학적 사유의 깊이를 그의 수필은 보여준다.

5. 에필로그-맹목의 늪에서 나가다

박기옥의 수필집 《커피 칸타타》에는 '맹목의 늪'을 건너는 작가 정신이 구체화되어 있다. 그의 수필쓰기는 '행복'이란 언어적 기의에 귀결된다. 한 마디로 그의 언표장에는 '내 마음의 흐름과 온도를 조절하는' 수필이라는 늪 하나가 있어, 그는 행복한 작가이다.

박기옥의 수필집 《커피 칸타타》는 단형수필의 묶음으로 아포리즘 수필이 갖는 단점을 잘 보완하면서 독자들에게 확연한 전언을 제시하고 있다. 이는 그의 수필이 갖는 해석과 의미화의 진중함일 것이다. 또한 그의 수필은 영롱하고 투명한 아침이 장미꽃의 색상을 더욱 선명하게 하듯, '메시지'의 전달이 고혹적이다. 존재미학과 소통의 변주, 철학적 사유인 코기토cogito, 미로 찾기의 모습을 그의 수필에서 발견하게 한다.

하이데거에 따르면, 예술의 본질은 모방이나 재현에 있는 게 아니라 사건을 일으키는 데에 있다고 했다. 예술은 모든 존재자의 아래에 묻혀 잊혀진 존재의 체험을 일으켜, 우리를 존재 망각의 상태에서 깨어나게 한다. 박기옥의 수필세계는 바로 여기에 자리를 잡고 있다. 누구든 직접 그의 수필세계에 뛰어들면 이런 그만의 성채를 만나게 될 것이다. 이제는 맹목의 늪에서 나갈 차례다.